다소 주해

茶疏 _{다소} 註解 _{주해}

許次紓 著
柳建楫 註解

이른아침

책머리에

산차(散茶)시대를 대변하는
허차서의 『다소』

내가 처음 『다신전(茶神傳)』(장원의 『다록(茶錄)』)을 읽고서 명대 차의 근골(筋骨)을 알았다고 생각했는데, 이어서 연명(然明)의 『다소(茶疏)』를 일독하면서 유암화명(柳暗花明)의 새로운 세계를 더 보게 되었다. 장원의 원론적인 기록보다 훨씬 문학적이고, 정서적인 아취(雅趣)와 풍류가 담겨 있었다. 차인들의 실제 생활에서 느끼는 감정들을 소상히 기록해 놓은 것이 감탄스러웠다. 이야말로 오랜 동안의 체험이 아니고서는 감득할 수 없는 실감 나는 선험자의 말이었다. 대학 초년일 때 읽은 임어당(林語堂)의 『생활의 발견』에 나오는 〈다론(茶論)〉을 읽고 감탄했는데, 그 이론의 발원이 바로 『다소』였다.

우리가 생활 속에서 어떨 때 차를 마시게 되고, 그때의 여건과 감흥이 어떤지에 관해서 절실한 실감을 안겨주었다. 그리고 차를 마시기 좋은 때와, 또 그렇지 않을 때를 열거한 것

을 읽으면서 정말 공감하지 않을 수 없었다. 그야말로 차에 내공이 서려 있는 글이었다. 이런 내공은 하루아침에 형성되는 것이 아니라 긴 수련 속에서 우러나는 것이고, 더구나 연명(然明)의 경우는 도소헌(姚紹憲)이나 허재보(許才甫) 같은 차의 대가들과 오랫동안 교유하며 차를 마시고, 그들과 끊임없는 토론의 과정을 거쳤기 때문에 가능한 것이었다.

그래서 『다소』야말로 차를 즐기는 이 누구나 한 번쯤 읽어볼 만한 글이라 생각한다. 더구나 『다록』을 쓴 장원(張源)과는 불과 30여 년의 간격밖에 안 되고, 생장한 지역도 두 사람이 서로 멀지 않은 중국 녹차의 본고장이니, 차문화 연구에 대단히 중요한 기록이다. 특히 이 두 저술은 산차시대(散茶時代)를 대변하는 내용이기에 차문화사상 아주 중요한 기록임을 잊지 말아야 한다. 이 저술의 맥락이 우리 선인들에게 미친 영향이 컸으며, 지금까지도 산차의 음용에 많은 것을 알려주고 있다.

　우리가 살면서 자신이 좋아하는 일이나 취미를 살리면서 일생을 지내기란 그리 쉬운 일이 아니다. 더구나 그 속에 깊이 몰입하여 새로운 세계를 찾아내는 일이야말로 아무나 이룰 수 있는 일이 아니기에, 그런 것을 이룬 사람들에 대한 흠모의 감정을 가지는 것도 당연하다. 시간과 생활의 여유는 물론 건강과 천부적인 감각도 있어야 한다. 인간문명의 세계가 넓고 다양하지만 그 시대의 풍조에 따라 각각 강조되어 부각되는 것들이 시대성을 띠면서 깊이 발전하게 된다. 그런 의미에서 차문화는 이 시대적인 소명의식에서 바라볼 수 있을 것 같다. 현대가 워낙 물질적이고 현실적인 데에 잡혀서, 모든 것이 규격과 질서에 얽혀 몸 돌릴 틈이 없기 때문에 우리는 보이지 않는 질곡(桎梏) 속에 갇혀 있다.

　이럴수록 한가와 여유를 찾아서 피로한 심신을 다독거려 주어야 다음의 생활의 원동력을 회복하고, 의욕을 가지고 이어갈 수 있는 것이다. 이런 의미에서 손쉽게 차 한 잔을 앞에 하고, 삶을 되돌아보는 여유와 한가로움을 되찾는 기회로 삼아, 그 현허(玄虛)한 심연(深淵)에 마음을 맡겨보는 것도 뜻있는 일이라 생각하여 이 저술을 읽기 쉽도록 만들어 펼치니, 강호제현(江湖諸賢)들의 많은 호응 있으시길 바란다.

무액지실(無額之室)에서 서산(曙山) 識
갑오(甲午) 국추(菊秋)

차례

제1부

다소해제

茶疏

『다소』의 시대적 배경

화려했던 송대(宋代)의 연고차(硏膏茶) 문화도 몽고족에게 망하여 길이 계승되지 못하고, 다음의 주원장(朱元璋, 1328~1398)에 의해서 건국된 명(明)에 와서는 그 내용이 크게 달라졌다. 홍무제(洪武帝)는 젊었을 때 고생을 한 사람이어서 건국 후에 민생을 위한 여러 정책을 시행했는데, 그 중 하나가 송대의 어다원(御茶園)인 북원(北苑)에서 연고차의 제작을 금지하고 산차(散茶)로 대체하도록 한 것이다. 그도 차를 즐긴 마니아로서 고저자순(顧渚紫筍)을 공납받았다고 한다. 혹 이로 보면 차문화의 후퇴인 듯싶지만, 이에 대해서는 후세 학자들 간에 상반된 주장들이 있다. 하지만 명을 일으킨 주 세력들이 남쪽지역의 인물들이기 때문에 그들도 차 생활엔 익숙하여 나름대로의 산차문화를 꽃피웠다.

어쩌면 송대 말년과 원대를 거치면서 이미 북원과 함께 무이(武

夷)를 중심으로 항소(杭蘇)지역에 산차문화가 번창하기 시작한다. 이는 송대의 북원에서 생산되는 연고차가 황실을 중심으로 한 고관대작들의 전유물이 되어서 일반인들의 기다욕구(嗜茶慾求)를 채워주지 못했던 사정과 연관된다. 그래서 자연적으로 만들기 까다롭지 않고 대중화할 수 있는 산차가 생산되기 시작했다고 본다.

명대 차에 관한 전적(典籍)으로는 문징명(文徵明)의 『용다록고(龍茶錄考)』, 양신(楊愼)의 『삼강미별(三江味別)』과 『다유구난(茶有九難)』, 전예형(田藝蘅)의 『자천소품(煮泉小品)』, 서헌공(徐獻公)의 『수품(水品)』, 육수성(陸樹聲)의 『다료기(茶寮記)』, 이시진(李時珍)의 『본초강목(本草綱目)』, 고렴(高濂)의 『준생팔전(遵生八箋)』, 손대수(孫大綬)의 『다경외집(茶經外集)』과 『다보외집(茶譜外集)』, 도륭(屠隆)의 『다설(茶說)』, 진계유(陳繼儒)의 『다화(茶話)』와 『다동보(茶董補)』, 풍몽정(馮夢禎)의 『장다법이(藏茶法二)』, 원굉도(袁宏道)의 『판교시다소(板橋施茶疏)』, 허차서(許次紓)의 『다소(茶疏)』, 나름(羅廩)의 『다해(茶解)』, 심덕부(沈德符)의 『공다(貢茶)』, 웅명우(熊明遇)의 『나개다기(羅岕茶記)』, 도본준(屠本畯)의 『명급(茗笈)』, 유정(喩政)의 『다서전집(茶書全集)』과 『다집(茶集)』, 주고기(周高起)의 『양선명호계(陽羨茗壺系)』, 육정찬(陸廷燦)의 『속다경(續茶經)』, 장원(張源)의 『다록(茶錄)』 등 수많은 다서들이 나왔다.

이 여러 다서 중에도 전예형의 『자천소품』, 허차서의 『다소』, 장원의 『다록』 등이 중요하다.

『다소』의 차문화사적 의미

　『다소』는 16세기 말(1597)에 항주(杭州) 출신의 차인 허차서
(1549~1604)가 쓴 다서로, 특히 명대 산차(散茶)에 관한 기록이기
때문에 장원의 『다록』과 함께 중요한 저술이다. 그가 자라고 살았
던 항주는 고대에는 전당(錢塘)이라 불리던 곳으로 풍광이 명미(明
媚)한 차의 주요 산지였다. 지금도 중국의 사대다구(四大茶區) 중
강남다구(江南茶區)로 연간 15만 톤 이상의 차를 생산하고 있다.

　동한(東漢)의 갈현(葛玄)이 천태산(天台山) 화정(華頂)에 차를
심었다는 이야기로부터, 여요인(餘姚人) 우홍(虞洪), 섬현(剡縣)의
진무처(陣務妻), 영가현(永嘉縣)의 백차산(白茶山) 등 고래로 주변
에 차에 얽힌 기록들이 많은 지역이다. 천목산(天目山)에서 발원
된 무림제산(武林諸山)이 용비봉무(龍飛鳳舞)의 형태로 뻗어서, 서
호를 중심으로 한 지명에 용(龍) 자가 많고, 그 중 하나가 용홍(龍

泓)이다.『다경』「팔지출(八之出)」에서도 항주에 임안(臨安)·우잠(于潛) 이현(二縣)과 천목산 전당현의 천축(天竺)·영은(靈隱) 두 절에서 차가 생산된다고 했다.

송대에도 서호산구(西湖山區)에 천목산·경산(徑山)·창화(昌化) 등에서 차가 생산되어, 보운차(寶雲茶)·향림차(香林茶)·백운차(白雲茶) 등이 공납되었다. 청대에는 용정차(龍井茶)·수운차(垂雲茶)·천목차(天目茶)·경산차(徑山茶) 등이 유명했고, 건륭제(乾隆帝)가 네 차례나 이 지역에 행차하여 사봉(獅峰)에 18어다수(御茶樹)를 봉하기도 했다. 호포천(虎跑泉)·용홍(龍泓) 등의 명천(名泉)이 있어 사(獅), 용(龍), 운(雲), 호(虎)의 자호(字號)를 가진 진품의 차가 생산된다.

이 지역은 토양이 심후(深厚)하고 기후가 온화하여 강우량이 충분하기 때문에 봄과 여름 사이에 연우(煙雨)가 온 산야에 내려 안개가 자욱하여 차가 자라기에 좋은 곳이다. 특히 3월의 항주는 춘기청명(春氣淸明)하고 풍광이 아름다워서 '청명시절우분분(淸明時節雨紛紛)'의 가구(佳句)가 생겼고, '여채다 남초다(女採茶 男炒茶)'라는 속언(俗諺)이 전할 정도였다. 그래서 수많은 시객들이 자취를 남겼으니, 동파(東坡)는 이곳의 차를 두고 가인(佳人)에 비유하여 '종래가명사가인(從來佳茗似佳人)'이라 하고 또 '백운봉하양기신(白雲峰下兩旗新) 니록장선곡우춘(膩綠長鮮穀雨春)'이라 했으며, 원대 우집(虞集)의『유용정(游龍井)』의 구(句)나, 전예형(田藝蘅)의『자천소품(煮泉小品)』에도 용홍(龍泓)에 관한 기록이 전한다.

이 같은 차의 고장에서 자라온 기다인(嗜茶人) 허차서도 평생 차와 함께한 학자였다. 방백(方伯) 명산공(茗山公)의 아들로 만력

(萬曆) 25년(1597)에 『다소(茶疏)』를 저술하였다. 전체 4,700여 자로 36개 항목으로 나누어 기술했다. 도소헌(姚紹憲)이 쓴 『다소서(茶疏敍)』에 의하면, 허차서와 교유한 사람들이 거의 차를 좋아하여 나름대로의 차에 관한 전문적 지식을 가졌고, 자신들만의 노하우가 있어서 자부심이 대단했다. 그리고 함께 찻자리를 가질 때는 서로의 묘법을 토론하여 날로 깊은 경지에 이르렀다.

허재보(許才甫)가 쓴 『소인(小引)』에 보면, '용홍에서 차를 마시면서 물과 차를 품하고, 옛것에 대해 의견을 주고받았다'고 추억하고 있다. 또 덧붙여 『다소』를 『다경』의 맥을 계승하는데 조금도 손색이 없는 기록이라고 했다. 허차서는 문장에 능했고 기석(奇石)을 좋아해서 모았고, 수품(水品)에 일가견이 있었으며, 친구를 좋아하고 술은 즐기지 않았다고 했다. 시문을 많이 남겼으나 거의 일질(佚秩)되고 남은 것이 얼마 없다.

『다소』의 저자

　허차서는 명대의 차학자로 자를 연명(然明), 호를 남화(南華)라 했고, 당시의 전당(錢塘), 곧 지금의 절강성 항주(杭州) 사람이다. 방백을 지낸 명산공(茗山公)의 아들로, 한쪽 다리가 좋지 않아 절었지만 재주가 있어서 문장에 능했고, 괴기한 모양의 돌[奇石]을 좋아해서 수집했다. 수천(水泉)을 잘 품했고, 친구들과 어울리기를 좋아했으나 술은 즐기지 않았다. 시문을 아주 잘 해서 『소품실(小品室)』, 『탕즐재(蕩櫛齋)』 두 책을 썼으나 지금은 산질(散秩)되고 말았다. 만력 25년(1597)에 4,700여 자의 『다소』를 찬술했다.

『다소』의 판본

『다소』는 『사고전서총목제요(四庫全書總目提要)』에 평(評)과 함께 전한다. 주요 판본은 아래와 같다.

1. 『허세기본(許世奇本)』 (만력 정미, 1607)
2. 『보안당비급본(寶顏堂秘笈本)』
3. 『다서전집본(茶書全集本)』
4. 『거가필비본(居家必備本)』
5. 『흔상편본(欣賞編本)』
6. 『광백천학해본(廣百川學海本)』
7. 『설부속본(說郛續本)』(不全)
8. 『고금도서집성본(古今圖書集成本)』(不全)
9. 『고금설부총서본(古今說郛叢書本)』
10. 『총서집성본(叢書集成本)』

제2부 다소주해

茶疏

題 許然明茶疏敍 제 허연명다소서

陸羽品茶 以吾鄉顧渚 所産爲冠
육우품다 이오향고저 소산위관

而明月峽 尤其所最佳者也
이명월협 우기소최가자야

余闢小園其中 歲取茶租自判 童而白首 始得臻其
玄詣 여벽소원기중 세취다조자판 동이백수 시득진기현예

武林許公然明 余石交也 亦有嗜茶之癖
무림허공연명 여석교야 역유기다지벽

每茶期 必命駕造余齋頭 汲金沙玉竇二泉
매다기 필명가조여재두 급금사옥두이천

細啜而探討品騭之
세철이탐토품즐지

余鑿生平習試 自秘之訣 悉以相授
여경생평습시 자비지결 실이상수

故然明得茶理最精 歸而著茶疏一帙 余未之知也
고연명득다리최정 귀이저다소일질 여미지지야

然明化三年所矣 余每持茗椀 不能無期牙之感
연명화삼년소의 여매지명완 불능무기아지감

丁未春 許才甫携然明茶疏見示 且徵於夢_{주8}

정미춘 허재보휴연명다소견시 차징어몽

然明存日 著述甚富 獨以清事托之故人

연명존일 저술심부 독이청사탁지고인

豈其神情所注 亦欲自附於茶經不朽與_{주9}

기기신정소주 역욕자부어다경불후여

昔羃民陶瓷 肖鴻漸像 沽茗者必祀而沃之_{주10}

석공민도자 초홍점상 고명자필사이옥지

余亦欲貌然明於篇端 俾讀其書者 幷挹其丰神可_{주11}

也 여역욕모연명어편단 비독기서자 병읍기봉신가야

[萬曆丁未春日 吳興友弟姚紹憲 識於明月峽中]_{주12} _{주13}

만력정미춘일 오흥우제도소헌 지어명월협중

✿교주

- **題 許然明茶疏敍** 『총서집성본』에는 '許' 자가 없다.
- **尤其所最佳者也** 『총서집성본』에는 '尤' 자가 '元' 자로 나온다.
- **武林許公然明** 『다서전집본』에는 '公' 자가 없다.
- **亦有嗜茶之癖** 『총서집성본』에는 '癖' 자가 '僻' 자로 나온다.
- **金沙** 『총서집성본』에는 '金' 자가 '全' 자로 나온다.
- **羃民** 『총서집성본』에는 '羃民'이 '羃氏'로 나온다.

번역

허연명의 『다소』 서문으로 앞에 쓰다

육우가 차를 품평하기를 우리 고향인 고저에서 생산되는 것이 으뜸이라 하였는데, 그 가운데에도 명월협에서 나는 것이 제일 좋다고 하였다. 나도 명월협에 조그만 다원을 만들어 해마다 스스로 판단하여 찻세를 받은 것이 어려서부터였으나(어려서부터 세로 받은 차를 마셨으나), 머리가 허옇게 늙고 난 다음에서야 비로소 그 (차의) 깊은 뜻을 깨닫게 되었다.

무림의 허연명공은 나와 아주 가깝고 친한 벗으로, 차를 즐기는 깊은 취향에 젖어 있었다. 매양 차 마실 약속을 하면 반드시 말 채비를 하여 내 집 앞에 이르러, 금사와 옥두의 두 샘물을 길어오게 하여, 주의 깊게 조금씩 마시며 토론하여 그 품수를 정하였다. (그러는 동안) 내 평생 온 힘을 기울여 노력해 익혀 스스로 깨친 비결을 모두 그에게 가르쳐 주었다. 그래서 연명은 차의 가장 정치한 이치를 깨닫고, 돌아가 『다소』 한 벌을 지었으나, 나는 미처 모르고 있었다. 그가 가고 삼년이 지났지만, (아직도) 나는 찻잔을 잡을 때마다 백아가 종자기를 그리워하는 감정이 없을 때가 없었다. (그러다가) 정미년(만력 35년, 1607) 봄에 허재보(허세기)가 연명의 『다소』를 가져와 보여주었고, 또 (연명이) 꿈에 (책의 출간에 관한) 계시까지 주었다. 연명이 살았을 때 저술이 매우 많았는데, 유독 이 맑은 일 (『다소』의 출간)만을 옛 친구에게 부탁한 것은, 그가 이 『다소』에 정신과 뜻을 얼마나 쏟았고, 또한 『다경』에 못지않게 영원히 남기를 바란 바가 아니겠는가?

옛날 공현의 도공들이 육우의 초상을 만들었고, (차 그릇을 많이 사는 사람들에게 그 상을 하나씩 주었고) 차를 파는 사람들은 반드시 제를 올리고 찻물을 (그 상에) 끼얹었다. 나도 연명의 모양(초상)을 그려 책머리에 붙여, 책을 읽는 사람으로 하여금 그 당당한 모습에 인사할 수 있게 했다.

[만력 정미년 봄날에, 오흥의 벗인 도소헌이 명월협에서 쓰다.]

주해

주1 **顧渚** 湖州 長縣(지금의 浙江省 湖州市 長興縣)
- 浙西以湖州上[湖州生長縣 顧渚山谷 與峽州光州同] _『茶經』
- 草茶極品 惟雙井顧渚 亦各過有數畝 _『避暑錄』〈葉夢得〉
- 茶出浙西 湖州爲上 江南常州次之 湖州出長興顧渚山中 _『雲麓漫鈔』
- 陸羽의 〈顧渚山茶記〉에 '羽가 皎然과 朱放으로 더불어 品茶한 결과 顧渚茶가 으뜸'이라 했다.
- 顧渚茶는 절강성의 유명한 녹차로 顧渚紫筍이다. 李吉甫의 『元和郡縣圖志』에 '당대로부터 貢品이었고 役工 삼만이었다'고 하였으며, 蘭香系의 차다.

주2 **明月峽**
- 明月峽在顧渚側 二山相對 石壁峭立 大澗中流 亂石飛走. 茶生其間 尤爲絶品 _ 陳耀文,〈天中記〉
- 明月峽中茶始生 _ 張文規[唐]

주3 **武林** 杭州에 있는 지명
- 武林諸泉 惟龍泓入品 而茶亦惟龍泓山爲最 _『煮泉小品』

주5 **金沙玉竇** 샘 이름이다.

- 金沙泉 : 湖州 長興縣 啄木嶺 金沙泉 即每歲造茶之所也 _ 毛文
  錫[五代], 『茶譜』
- 〈進金沙泉表〉(唐代 湖州刺史 裴淸) : 銀甁에 담아 長安으로 水遞했다.
- 문맥으로 보아 玉竇泉도 金沙에 가까이 있던 샘으로 추정된다.

주6 **化三年** 돌아간 지 3년이 되었다.

주7 **期牙之感** 친구를 몹시 그리워하는 정

- 伯牙鼓琴 鍾子期善听. 伯牙鼓琴志在高山 鍾子期曰 善哉 峨峨兮
  若泰山 志在流水 鍾子期曰 善哉 洋洋兮若江河. 高山流水之來形
  容知音 _ 『列子』
- 伯牙鼓琴而 六馬仰秣 _ 『荀子』

주8 **且徵於夢** 꿈에 책의 출간에 관한 계시를 주었다.

- 만력 35년 어느 날, 전당(항주)에 사는 문인 허세기는 홀연 괴이
  한 꿈을 꾼다. 꿈에 10 년 전 죽은 벗인 허차서가 나타나 말하
  기를 '내가 『다소』 한 편의 출간에 관한 문제를 의논하여 그대
  에게 부탁하려 한다' 하였다. 이에 허세기가 놀라 깨어 지난날
  두 사람이 용홍사에 가서 물과 차를 품평하며 함께 같이했던 추
  억을 떨칠 수가 없었다. 허세기가 기이하게 느낀 것은 허차서의
  저술이 수많고 『다소』는 그 작은 일부에 지나지 않는데, 꿈에서
  유독 그것만 말한 것이었다. 자세히 생각해보니 허차서가 살았
  을 때 차를 아주 좋아해서 정성을 기울였고, 자신과 기미가 상
  통하였던 터라 황천에 가서도 꿈으로 나에게 부탁했으리라 여
  겨졌다. 그래서 허세기는 죽은 친구의 『다소』를 출간한 것이다.

주9 **豈其神情所注, 亦欲自附於茶經不朽與** 얼마나 정성스런 마음을 쏟았고, 또한『다경』처럼 영원하기를 바랐겠는가?

• 豈~與 : 얼마나 ~이겠는가?

주10 **昔鞏民陶瓷 肖鴻漸像 沽茗者必祀而沃之**

• 鞏縣系陶者 多爲瓷偶人 號陸鴻漸 買數十茶器 得一鴻漸 市人沽茗 不利 輒灌注之 _ 李肇[唐],『國史補』

주11 **丰神** 아름다운 형태, 당당한 모습[回瞬 絶代丰神 : 長生殿]

주12 **萬曆** 명의 神宗의 연호(1573~1619). 만력 35년(정미년)은 1607년이다.

주13 **姚紹憲** 자는 伯道로 명월협에 살면서 허차서와 친하게 지내며 차를 즐겼고, 그의『다소』를 출간할 때 서문을 썼다.

해설

『다소』를 출간한 친구 도소헌(姚紹憲)이 쓴 서문이다. 생시에 함께 했던 차 생활이 깊은 경지에 이르렀던 사연이며, 저술의 경위도 함께 설명했다. 연명이 죽은 후 어느 날 친구인 허세기가『다소』의 원고를 가져와 저간의 사정을 들었다. 그래서 옛 정으로 허세기와 같이 출간하면서 이 앞글을 쓴 것이다.『다소』의 내용이『다경』에 버금가는 의미 있는 것으로, 연명이 생시에도 마음속으로 무척 아꼈던 글임을 밝혔다. 특히 처음 출간할 당시에는 앞에 허차서의 초상화가 실려 있었음을 알 수 있다.

茶疏小引 다소소인

吾邑許然明 擅聲詞場舊矣
오읍허연명 천성사장구의

丙申之歲 余與然明遊龍泓 假宿僧舍者浹旬
병신지세 여여연명유용홍 가숙승사자협순

日品茶嘗水 抵掌道古
일품다상수 저장도고

僧人以春茗相佐 竹爐沸聲 時與空山松濤響答 致
足樂也 승인이춘명상좌 죽로비성 시여공산송도향답 치족락야

然明喟然曰 阮嗣宗以步兵 貯酒三百斛 求爲步兵校尉
연명위연왈 완사종이보병 저주삼백곡 구위보병교위

余當削髮爲龍泓僧人矣
여당삭발위용홍승인의

嗣此經年 然明以所著茶疏視余 余讀一過 香生齒頰
사차경년 연명이소저다소시여 여독일과 향생치협

宛然龍泓品茶嘗水之致也
완연용홍품다상수지치야

余謂然明曰 鴻漸茶經 寥寥千古 此流堪爲鴻漸
益友 여위연명왈 홍점다경 요요천고 차류감위홍점익우

吾文詞則在漢魏間 鴻漸當北面矣
오문사즉재한위간 홍점당북면의

然明曰 聊以志吾嗜痂之癖 寧欲爲鴻漸功匠也
연명왈 요이지오기가지벽 영욕위홍점공장야

越十年 而然明修文地下
월십년 이연명수문지하

余慨其著述零落 不勝人琴俱亡之感
여개기저술영락 불승인금구망지감

一夕夢然明謂余曰 欲以茶疏災木 業以累子
일석몽연명위여왈 욕이다소재목 업이누자

余蘧然覺而思龍泓品茶嘗水時
여거연각이사용홍품다상수시

遂絶千古 山陽在念 淚淫淫濕枕席也
수절천고 산양재념 누음음습침석야

夫然明著述富矣 茶疏其九鼎一臠耳 何獨以此見
夢 부연명저술부의 다소기구정일련이 하독이차현몽

豈然明生平所癖 精爽成屬 又以余爲臭味也
기연명생평소벽 정상성려 우이여위취미야

遂從九京相托耶
수종구경상탁야

因授剞劂以謝然明 其所撰有小品室蕩櫛齋集
인수기궐이사연명 기소찬유소품실탕즐재집

友人若貞父諸君方謀錄之

우인약정부제군방모침지

[丁未夏日 社弟 許世奇才甫撰]

[정미하일 사제 허세기재보찬]

🍃 번역

다소에 붙이는 작은 서문

우리 고을의 허연명은 문단에 이름을 드날린 지 오래되었다. 병신년(1597)에 내 연명과 더불어 용정에 승사(절간)를 빌려 열흘 동안이나 노닐었다. 날마다 차와 물을 품하며, 손뼉을 쳐가며[열정적으로] 옛것을 논했다. 스님이 봄차를 옆에 준비해 두어서, 죽로에 차 끓이는 소리가 때마침 부는 공산의 솔바람소리와 화답하니, 족히 즐거움에 이르렀다.

연명이 크게 탄식해 말하기를 "완적은 보병 보급소에 술이 300곡이 저장된 것을 알고서 보병교위가 되었으니, 나도 마땅히 머리를 깎고 용정의 중이 되는 수밖에 없다"고 했다. 그 뒤 몇 년을 지나 연명이 쓴 『다소』를 나에게 보여주었다. 내 한번 읽어보니 입안에 차 향기 돌아 완연히 용정에서 차와 물을 품하던 아취에 이르렀다. 내 연명을 보고 이르기를 "육우의 『다경』 이후에 오랫동안 잠잠했는데(『다경』에 필적할 만한 저작이 없었다), 이 정도의 저작이라면 육우에게 덕을 주는 벗이 될 만하다. 지금 우리의 글[文詞]은 한위 시대의 수준이니, 육우가 마땅히 배우는 자리(제자의

자리)에 서야 할 걸세" 하였다. 연명이 말하기를 "애오라지 나의 뜻은 특수한 것[찻일]을 좋아하는 기벽을 쓴 것이니, 차라리 육우를 깊이 공부하는 사람이 되고 싶을 뿐이라네" 하였다.

그 후 십 년이 지나 연명은 문인으로 죽고 말았으니, 내 그의 저술이 자취가 없어지게 됨이 느껍고, 사람과 저술이 함께 사라짐을 견딜 수 없었다. 어느 날 저녁 꿈에 연명이 나타나 나에게 이르기를 "『다소』를 간행하고 싶은데 이 일을 그대에게 부탁하네" 하였다. 내가 깜짝 놀라 깨어서 생각하니, 용정에서 차와 물을 품평하던 일이 마침 천고의 세월이 흐른 듯, 옛 친구와 함께하던 생각에 눈물이 주르르 베갯머리를 적셨다.

대저 연명의 저술이 많고 『다소』는 그 중 적은 한 부분일 뿐인데, 어찌 유독 이 일을 꿈으로 보여 주었을까? [이 내용이] 연명 평생 좋아하던 일로 깊이 밝혀 이루었고, 나 역시 같은 무리였으니, 드디어 저승으로부터 와 부탁하지 않았겠는가? 인하여 연명의 뜻을 받아 간행하는 일을 맡았으니, 그의 찬술한 바는 『소품실』과 『탕즐재집』에 실려 있다. 벗 약정부 등 제군들과 의논하여 판에 새긴다.

[정미년 여름날 고향의 벗인 허세기 재보가 쓴다.]

✍ 주해

주1 **詞場** 文壇, 科場
  • 伏惟君侯 明奪秋月 和均韶風 掃盡詞場 振發文雅 _ 李白,〈上安州李長史書〉

- 後主詞 思路悽惋 詞場本色 _ 陳廷焯[淸]의 詩

주2 **丙申之歲** 1569년
- 萬曆 24년(神宗 24) : 李時珍의 『本草綱目』이 발간되었다. 조선 선조 29년(임란 중)

주3 **龍泓** 浙江省 杭州에 있는 샘으로 곧 西湖龍井泉이다.
- 武林諸泉 惟龍泓入品 而茶亦惟龍泓山爲最. 其上爲老龍泓 寒碧 信之 其地 産茶 爲南北絶品 _ 『煮泉小品』

주4 **浹旬** 열흘[一旬], 十天[甲乙丙丁戊己庚辛壬癸]=浹日.
- 隷釋,〈漢衛尉衡方碑文〉"受任浹旬" ; 許自昌[明],〈水滸記〉"近 則浹旬 遠幾一月"
- 浹辰 : 12日. 浹辰之間 而楚克其三都_『左傳』; 浹辰十二日也 _ 杜五.
- 浹月 : 一介月. 浹旦 : 一晝夜. 浹時 : 一季. 浹歲 : 一年.

주5 **抵掌道古** 옛일을 이야기 할 때 흥이 많고 정이 깊어 손뼉을 치는 것
- 蘇秦見說趙王 於華屋之下 抵掌而談 _ 『戰國策』
- 優孟卽爲孫叔敖衣冠 抵掌談話 _ 『史記』〈滑稽傳〉

주6 **阮嗣宗以步兵 貯酒三百斛 求爲步兵校尉**
- 阮籍(210~263)은 老莊學을 깊이 연구하고, 讀書로 消日하고 嗜酒放蕩하였다. 阮籍窮道之哭 등의 奇行[세상과 司馬昭에 대한 한탄]으로 유명하다. 酒家에서 隣婦를 베고 자고, 母親喪 소식에도 바둑을 두고, 술과 고기를 먹었다. 司馬昭의 권유로 山東의 東平太守가 되어 10일만에 담장을 허물고 떠났다가, 또 美酒 三百斛을 劉伶과 함께 마시려고 步兵校尉가 되기도 했다. "登山 玩水 竟日不歸"라 했으며, 竹林七賢의 한 사람이다.

주7 **香生齒頰** 『다소』를 읽기만 해도 입 안에 차 향기가 가득해진다.

주8 **寥寥千古** 고요하고 적막하기가 천고인 듯하다. 곧 필적할 만한 저서가 없었다.

　• 寥寥一犬吠桃源 _ 劉長卿

주9 **益友** 유익한 벗. 보탬이 되는 벗

　• 益者三友 損者三友, 友直 友諒 友多聞 益矣, 友便僻 友善柔 友便 佞 損矣 _ 『論語』

주10 **吾文詞則在漢魏間**

　• 漢代의 辭賦는 賈誼를 비롯하여 司馬相如, 枚乘, 班固, 張衡, 馬融 등이 배출되어 크게 발전했다. 그리고 散文은 董仲舒, 劉安, 司馬遷, 劉向 등의 걸출한 문인들이 활동했다. 魏晉 南北朝 시대에 들면 三曹(曹操, 曹丕, 曹植)와 建安七子(王粲, 孔融, 陳琳 등)가 나와서 크게 흥융했다.

주11 **當北面**

　① 臣下의 座位 ; 南面而王, 北向再拜

　② 弟子의 座位 ; 身執經 北面備弟子禮 _ 『漢書』

주12 **嗜痂之癖**

　• 劉邕性嗜食瘡痂 以爲味似鰒魚 嘗詣孟靈休 靈休先患灸瘡 痂落在床 邕取食之 _ 『南史劉邕傳』故謂嗜好失當曰嗜痂.

주13 **鴻漸功匠** 육우를 롤 모델로 삼아 열심히 배우는 사람

주14 **修文地下** 문덕을 닦는 사람, 곧 문인의 죽음을 뜻한다.

　• 一代風流盡 修文地下深 _ 杜甫, 〈哭李常侍〉

　• 저승의 문장가를 修文郎이라 했다. 전설에 晉代 蘇韶가 죽고 다시 現形하여 말하기를 "顏淵, 卜商 今見在爲修文郎 修文郎凡有

八人 鬼之聖者"라 하였다 한다.

주15 **人琴俱亡** 사람도 떠나니 거문고도 함께 떠났다.

* 王子猶子敬俱病篤 而子敬先亡 子猶問左右 何以都不聞消息 此已
喪矣. 語時了不悲 便索輿來奔喪 都不哭. 子敬素好琴 便徑入坐靈
床上 取子敬琴彈 弦旣不調 擲地云 "子敬子敬 人琴俱亡" 因慟絶
良久. 月餘卒亦. 後以此表示親友 知己去世之悼念之情 _ 劉義卿,
『世說新語』〈傷逝〉

주16 **災木** 나무에 새기는 일[印刻 ; 猶言付梓]

* 二十一史 俱有缺文 動至數葉 俱仍其脫簡接刻 文理多不相續 卽
云 災木可也 _ 沈德符[明], 〈野獲編;國學刻書〉

주17 **蘧然** 깜짝 놀라 깨다. 깨달아 기쁜 모양

* 俄而覺則 蘧蘧然周也 _ 『莊子』

주18 **山陽在念**

* 竹林七賢 중 向秀는 嵇康과 특히 敦篤한 사이였다. 嵇康이 죽은
후 山陽에 있던 그의 옛집을 지나가가, 구슬픈 피리소리에 혜강
을 그리워하며 〈思舊賦〉를 썼다. 여기서 山陽聞笛이란 말이 생
겼다. 向秀가 쓴 〈秋水〉와 〈至樂〉 두 글이 『莊子』에 실려 전한다.

주19 **九鼎一** 九鼎一絲. 아주 많은 것 중 작은 하나. 아주 중대한 것에
비해 별것 아닌 것

* 九鼎은 원래 禹王이 鑄造한 국가의 권위를 나타내는 중대한 보
물이었다. 禹收九牧之金 鑄九鼎 皆嘗亨鬺上帝鬼神 _ 『史記』〈封
禪書〉; 趙重於九鼎大呂 言爲天下所重也 _ 『史記』〈平原君傳〉

주20 **九京** 묘지

* 春秋時 卿大夫之墓地. 後以指泛墓地. 또 九原은 곧 黃泉을 뜻한

다.(京=原).

주21 **剞劂** 새기는 道具. 雕板, 印刷. 彫琢刻鏤
- 握剞劂而不用兮 操規榘而無所施 _ 『楚辭』〈麗忌〉
- 生涯日 詩書藝業長 _ 周履靖[明], 〈錦箋記〉
- 剞劂氏 : 板刻과 印書를 경영하는 사람

✿ 해설

이 글은 허차서의 친구 허재보가 여러 친구들과 『다소』를 찬집하고 그 경위(經緯)를 쓴 글이다. 생전에 다정했고 함께 차를 즐겼던 터라, 차에 관한 친구의 저서를 상재(上梓)하며 느낌이 많았을 것이다. 선비로서 박람강기(博覽强記)하여 문명(文名)을 떨치던 연명이 많은 저서 중에 유독 『다소』의 간행을 꿈으로 부탁한 것은 생전에 차로써 심금(心襟)을 통한 사이였기 때문이리라. 그리고 이 내용이 육우의 『다경』에 필적할 만치 좋은데, 인금구망(人琴俱亡)의 염려도 있어 산양재념(山陽在念)의 우의(友誼)로 출간했다.

茶疏 目錄

1

産茶 산다

---

(1)

天下名山 必産靈草 江南地暖 故獨宜茶
천하명산 필산영초 강남지난 고독의다

大江以北 則稱六安 然六安乃其郡名
대강이북 즉칭육안 연육안내기군명

其實産霍山縣之大蜀山也
기실산곽산현지대촉산야

茶生最多 名品亦振 河南山陝人皆用之
다생최다 명품역진 하남산협인개용지

南方謂其能消垢膩 去積滯 亦共寶愛
남방위기능소구니 거적체 역공보애

顧彼山中不善製造 就於食鐺大薪炒焙
고피산중불선제조 취어식당대신초배

未及出釜 葉已焦枯 詎堪用哉
미급출부 엽이초고 거감용재

兼以竹造巨筥 乘熱便貯 雖有綠枝紫筍
겸이죽조거구 승열편저 수유녹지자순

輒就萎黃 僅供下食 奚堪品鬪
첩취위황 근공하식 해감품투[주7]

교주

- **製造** 『총서집성본』에는 '造' 자가 '法' 자로 나온다.
- **炒焙** 『총서집성본』에는 '炒焙'가 '焙炒'로 나온다.
- **筍** 『고금설부본』과 『설부속본』에는 '筍' 자로 나온다.

번역

차의 산지

모든 세상의 이름 있는 산에는 반드시 신령한 풀이 있으니, 강남 지역은 따뜻하기 때문에 유독 차가 자라기에 알맞다. 장강(양자강) 이북으로는 육안차를 칭송하는데 육안은 바로 고을 이름으로, 사실은 곽산현의 대촉산에서 생산된다. 생산되는 차가 가장 많고 명차로 이름을 떨쳐서 하남·산서·섬서 사람들이 모두 이 차를 쓴다. 남방 사람들은 육안차가 기름 낀 때를 씻어내고, 막힌 것을 없애주어서 또한 그것을 보배로이 여긴다.

저 산중에서 하는 좋지 못한 제조법을 살펴보면, 음식을 만드는 솥에 큰 장작을 태워 덖어서 솥에서 꺼내기도 전에 잎이 벌써 말라 타버리니, 어찌 차로 사용하겠는가? 또 대나무로 큰 통발을 짜

서 뜨거울 때 바로 담아두면, 비록 녹지와 자순 같은 좋은 싹이라
도 곧 누렇게 떠서 겨우 식후에 입가심 하는 음료로 제공될 뿐이
니, 어찌 차 겨루기에 쓸 차로 감당이 되겠는가?

주해

주1 **六安** 안휘성 육안현으로 여기서 생산되는 차들을 육안차라 한다.
명대에는 이름이 높아 특히 소화에 약으로 많이 사용되었다.
- 六安品亦精 入藥最效 _ 屠隆[明], 『茶箋』
- 六安茶爲天下第一 … 七碗淸風自六安 每隨佳興入詩壇 _ 陳霆,
  〈兩山墨談〉
- 六安瓜片, 六安銀針, 六安松蘿, 六安茅簷, 六安雀舌 등이 생산된다.
- 陸安之味蒙山藥 古人高判兼兩宗[東茶記云 或疑東茶之效 不及越
  産 以余觀之 色香氣味少無差異 茶書云 陸安茶以味勝 蒙山茶以
  藥勝 東茶蓋兼之矣] _ 『東茶頌』

주2 **霍山縣** 육안 가까이 있던 고을로 金寨縣과 함께 육안차의 산지
로 유명하다. 당대에는 壽州에 속했고, 霍山小團 · 霍山黃芽 등이
유명하다.

주3 **大蜀山** 안휘의 곽산, 호북의 대별산 근처의 하남성에 위치한 지
명으로 차의 산지이다.

주4 **河南山陝人** 河南과 山西 陝西의 사람들

주5 **南方** 여기서는 의미가 넓어 다음 항목에서 자세히 설명한다.

주6 **就於食鐺大薪炒焙** 일반 음식을 요리하는 솥에 큰 땔감(장작
같은 것)을 태우면서 차를 덖는 것

・下 : 뜻에 여럿이 있으나, 여기서는 '시간적으로 뒤'라는 의미다.
"〈下武維周〉에 鄭玄이 註하기를 '下 猶後也'"라고 했다. _『詩經』
〈大雅〉

・下食은 원래 음식물을 준비한다는 뜻이었다.

---

(2)

江南之茶 唐人首稱陽羨 宋人最重建州
강남지차 당인수칭양선 송인최중건주

于今貢茶 兩地獨多
우금공다 양지독다

陽羨僅有其名 建茶亦非最上 惟有武夷雨前最勝
양선근유기명 건다역비최상 유유무이우전최승

近日所尚者 爲長興之羅岕 疑卽古人顧渚紫筍也
근일소상자 위장흥지나개 의즉고인고저자순야

介於山中謂之岕 羅氏隱焉 故名羅
개어산중위지개 나씨은언 고명라

然岕故有數處 今惟洞山最佳
연개고유수처 금유동산최가

姚伯道云 明月之峽 厥有佳茗 是名上乘
도백도운 명월지협 궐유가명 시명상승

要之 採之以時 製之盡法 無不佳者

요지 채지이시 제지진법 무불가자

其韻致清遠 滋味甘香 清肺除煩 足稱仙品 此自一
種也 기운치청원 자미감향 청폐제번 족칭선품 차자일종야

若在顧渚 亦有佳者 人但以水口茶名之 全與岕別
矣 약재고저 역유가자 인단이수구다명지 전여개별의

若歙之松羅 吳之虎丘 錢唐之龍井
약흡지송라 오지호구 전당지용정

香氣濃郁 竝可雁行與岕頡頏
향기농욱 병가안항여개힐항

往郭次甫亟稱黃山 黃山亦在歙中 然去松羅甚遠
왕곽차보극칭황산 황산역재흡중 연거송라심원

往時士人皆貴天池 天池產者 飲之略多 令人脹滿
왕시사인개귀천지 천지산자 음지략다 영인창만

自余始下其品 向多非之 近來賞音者 始信余言矣
자여시하기품 향다비지 근래상음자 시신여언의

浙之產 又曰天台之雁宕 括蒼之大盤
절지산 우왈천태지안탕 괄창지대반

東陽之金華 紹興之日鑄 皆與武夷相爲伯仲
동양지금화 소흥지일주 개여무이상위백중

然雖有名茶 當曉藏製
연수유명다 당효장제

製造不精 收藏無法 一行出山 香味色俱減
제조부정 수장무법 일행출산 향미색구멸

錢唐諸山 産茶甚多 南山盡佳 北山稍劣
전당제산 산다심다 남산진가 북산초열

北山勤於用糞 茶雖易茁 氣韻反薄
북산근어용분 다수이줄 기운반박

往時頗稱睦之鳩坑 四明之朱溪 今皆不得入品
주18   주19
왕시파칭목지구갱 사명지주계 금개부득입품

武夷之外 有泉州之清源 倘以好手製之 亦是武夷
亞匹   주20
무이지외 유천주지청원 상이호수제지 역시무이아필

惜多焦枯 令人意盡 楚之産曰寶慶 滇之産曰五華
주21   주22
석다초고 영인의진 초지산왈보경 전지산왈오화

此皆表表有名 猶在雁茶之上 其他名山所産 當不
止此 차개표표유명 유재안다지상 기타명산소산 당부지차

或余未知 或名未著 故不及論
혹여미지 혹명미저 고불급론

- **頗** 원작에는 '頑'으로 되어 있다.
- **雁宕** 『총서집성본』에는 '宕' 자가 '蕩'으로 나온다.
- **亦是武夷亞匹** 『총서집성본』에는 '是' 자가 없고, 『고금설부본』에는 '是' 자가 '與' 자로 나온다.

✍ 번역

강남지역의 차는 당대의 사람들은 양선차를 제일로 칭했고, 송대의 사람들은 건주차를 가장 중히 여겨서 공물로 바치는 차는 두 지역이 제일 많았지만, 이즈음 와서는 양선차는 겨우 이름만 있고 건주차도 역시 최상은 아니며, 오직 무이의 우전차가 제일 좋았다. 최근에 높게 치는 것은 장흥에서 나는 나개차인데, 아마 옛사람들이 말한 고저자순이다. 산 사이에 낀 곳을 개(岕)라고 하는데, 나씨가 숨어서 산 곳이기에 나개라고 불렀다. 그러나 개(岕) 자를 연고로 한 곳이 두어 곳 더 있지만, 오직 동산의 차가 가장 좋다. 도백도[도소헌]가 이르기를 "명월협에는 좋은 차가 있으니 그 이름이 '상승'이다. 요컨대 때맞추어 잎을 따서 법에 맞게 차를 만들면 좋지 않은 차가 없다. 그 운치가 맑고 깊으며, 좋은 맛과 달콤한 향기는 가슴을 맑게 하며 번뇌를 없애주니 족히 선품이라 할만하다. 이것[나개차]은 그 자체가 하나의 품종이다. 고저에도 이처럼 좋은 차가 있지만, 사람들은 '수구차'라 이름하여, 개차와 더불어 별개의 차로 친다" 하였다. 흡의 송라차와 오의 호구차와 전당의 용정차는 향기가 짙어서 나개차와 비슷하여, 더불어 우열을 구분하기 힘들 정도이다.

지난날 곽차보가 황산차를 자주 칭송했는데 황산 역시 흡주에 있지만, 송라차와는 거리가 아주 멀다. 지난 한때는 선비들이 모두 천지차를 귀하게 여겼다. 천지에서 생산되는 차는 조금만 마셔도 사람들의 배가 가득하게 된다. 내가 먼저 그 품수를 아래라고 했더니 처음에는 아니라고 하는 이가 많았으나, 근래에는 아니라는 것을 알고 비로소 내 말을 믿기 시작했다.

절강에서 생산되는 차 또한 천태의 안탕, 괄창의 대반, 동양의 금화, 소흥의 일주를 말하는데, 모두 무이차와 더불어 서로 비슷하다. 비록 유명한 차라도 밝게 알고서 만들고 잘 저장해야 한다. 제조가 정교하지 않거나 갈무리하는 것이 법에 맞지 않은 상태에서, 만드는 곳에서 한번 출시되기만 하면 색향미가 모두 없어지게 된다.

전당 여러 곳에서 생산되는 차가 심히 많은데, 남산의 것은 모두 좋고 북산의 것은 약간 못하다. 북산의 것은 힘써 분비(糞肥)를 사용해서 비록 차 싹 틔우기는 쉬워도 향과 운치는 도리어 얇다. 지난날 목주의 구갱과 사명의 주계는 지금에 와서는 모두 품수에 들지 못한다. 무이 이외의 지역[복건]에는 천주의 청원이 있는데, 아마 좋은 솜씨로 만들면 이 또한 무이차에 필적하겠지만, 안타깝게도 너무 태워서 사람들로 하여금 마시고 싶지 않게 한다.

초[호남일대]에서 생산되는 보경과 전[운남일대]에서 생산되는 오화차는, 이 모두 아주 두드러지게 뛰어나서 유명하여, 오히려 안탕차의 위에 위치한다. 그 이외의 명산에서 생산되는 차가 이에 [내가 위에서 말한 것] 그치지 않을 것이나, 혹은 내가 알지 못하기도 하고, 혹은 이름이 드러나지 않기도 하여 더 논하지 못한다.

주해

주1 **江南之茶**

- 강남 : 일반적으로 長江 이남지역을 지칭[시대마다 약간씩 달랐다.]

① 漢 이전 : 湖北 江蘇 安徽의 南部, 湖南 江西 浙江 一帶

② 남북조 : 장강 남쪽의 남조 통치지역[隔江 對峙]

③ 남당[당과 동일] : 남당 통치구역과 金陵 일대

그래서 다구도 약간의 차이가 있다.

Ⓐ『다경』: 鄂州(湖北의 武漢), 袁州(江西의 宜春), 吉州(江西의 吉安)

Ⓑ『다소』: 浙西 浙東 淮南 嶺南의 一部, 安徽 山西 陝西 江蘇의 一部[六安(霍山) 陽羨 建州 武夷 羅岕 顧渚明月峽 黃山 雁蕩山 등]

Ⓒ 1981년 분류 : 北은 長江, 南은 南嶺, 東은 黃海, 西는 雲貴高原에 이르는 중국의 중심 되는 차 산지다. 아열대의 계절풍이 부는 온난하고 습기가 많은 사계절이 분명한 지역이다. 해발 200~500미터의 지역과 어떤 곳은 800~1,000미터의 고산지역도 있다. 주로 녹차가 많고 烏龍茶, 紅茶, 黃茶, 白茶, 黑茶까지 생산된다[安徽와 江蘇 湖北의 南部, 江西, 湖南, 福建과 廣東 廣西의 中北部]. 名茶는 西湖龍井, 碧螺春, 黃山毛峰, 太平猴魁, 君山銀針, 武夷巖茶, 白毫銀針, 祁門紅茶, 磚茶 등이다.

주2 **陽羨** 江蘇省 義興이다.

- 陸羽가 御史大夫 李棲筠에게 추천하여 進上하게 된 차다.
- 浙西以湖州上 常州次 湖茶生長興縣 顧渚山 _ 『다경』
- 후에 명대에는 羅岕茶로 이름이 났고, 다시 洞山茶로 유명하다.

- 陽羨俗名羅岕 浙江長興者佳 _ 屠隆[明],『茶箋』
- 天子未嘗陽羨茶 百草不敢先開花 _ 蘇軾

주3 **建州** 福建省 建甌현으로 송대 건주치소가 있던 곳이고 북원도 있었다.

주4 **武夷** 福建 제일의 명산으로 무이차의 산지다. 해발 600미터 정도이고, 49봉 九曲溪邊에서 생산된다. 기후가 온난하고 우량이 충분하며 암벽 사이엔 항상 운무가 서려 있고, 토양이 礫壤土여서 차 생육에 좋은 조건을 갖추고 있다. 당대부터 차를 생산했으나, 송대까지는 별로 빛을 못 보다가 원대에 이르러 高興이 四曲에 어다원을 설치하고 蒸靑團茶인 용봉단을 만들면서 이름을 얻기 시작했다. 명대에는 先春 探春 次春 紫筍 등의 散茶를 만들었고, 청말부터 지금의 武夷巖茶가 생산되기 시작했다.

주5 **長興之羅岕** 浙江 湖州 西北部의 太湖 가에 있는 지명이다. 晉代부터 長城으로 불리다가 五代의 吳越 때 長興으로 바뀌었다. 호주를 중심으로 생산되는 散茶는 2,000여년의 역사를 가지고 있다. 호주의 장흥과 常州의 義興 사이에 '茗嶺'이 있는데, 명령의 陽地가 羅岕 洞山 일대이다. 通山茶區 경내에 顧渚山 張嶺 羅岕 洞山 등의 명차 산지가 있어서, 예로부터 자순차 나개차 동산차 태자차 등이 모두 여기서 생산되었다. 지금도 장흥자순, 호주자순, 고저자순 등이 생산된다.
- 相傳古有漢王者 棲遲茗嶺之陽 課童藝茶 躋盧仝幽致 _ 周起高,〈洞山岕茶錄〉

주6 **顧渚紫筍** 장흥의 명승지로,『다경』때부터 차의 명산지다. 春秋 때 吳王 夫槩가 이 산에 올랐다가 도읍지로 삼을 만하다고 칭해서

그때부터 유명해졌다. 옆에 금사천이 있어서 '顧渚茗 金沙泉'이란
말이 생겼다.

- 今崖谷林薄之中 多産茶茗 以充歲貢 _『太平寰宇記』〈江南東道〉
- 牧丹花笑金細動 傳奏吳興紫筍來 _ 張文規,〈湖州貢焙新茶〉
- 唐茶惟湖州顧渚紫筍入貢,每歲以淸明日貢到 _ 玉川子[宋],『茗溪
  漁隱叢話』〈胡子〉

주7 **洞山** 장흥현에 속했던 지명으로 '동산차' 등의 명차 산지

- 茶雖均出於岕 有如蘭花香而味甘 過霉曆秋 開岕烹之 其香愈烈
  味若新 沃 以湯 色尙白者 眞洞山也 若他岕初時亦有香味 至秋氣
  索然 _ 周起高,〈洞山岕茶系〉

주8 **姚伯道** 姚紹憲의 字로 前出. 敍文 註13 참고.

주9 **歙之松羅** 안휘성 남부지역으로 徽州 治所를 두었고, 당대부터
차를 생산했었다. 명대부터 老竹嶺에서 大方茶가 생산되었고, 지
금은 黃山毛峰 黃山銀鉤 老竹 鋪大方 등의 녹차가 생산된다. 그리
고 안휘 남부 休寧地方은 산봉이 중첩하고 숲이 깊고 기후가 濕潤
하며 토양이 비옥하여, 북쪽의 松蘿山 지역에서는 예로부터 송라
차가 생산되어 명대에는 전국 최고의 명차로 이름을 얻었다.

주10 **吳之虎丘** 강소성 소주 북쪽에 있는 산이 虎丘山인데, 예로부터
차의 산지였다.

- 虎丘最號精絶 爲天下冠 惜不多産 _ 屠隆,〈考槃餘事〉
- 葉微帶黑 不甚蒼翠 點之色白如玉 而作豌豆香 宋人呼之爲白雲茶
  或云虎丘 茶中王種 _『虎丘山志』[淸]

주11 **錢唐之龍井** 隋唐代를 지나며 전당(지금의 杭州)에 治所를 두
기 시작한 지역으로, 남송의 도읍지였다.『다경』에서부터 유명한

차의 산지로, 臨按 于潛 天目山 徑山 天竺寺 靈隱寺 등은 특히 이름난 산지였다. 항주 서호 주변은 경관이 아름다울 뿐 아니라, 龍泓(龍井)이 있어서 그 유명한 서호용정의 산지이기도 하다. 18주의 御茶樹가 있었고, 소식을 비롯한 수많은 차의 명인들이 자취를 남긴 곳이다. 虎跑泉과 雲棲 등도 이름을 빠뜨릴 수 없는 곳이다.

주12 **雁行** 기러기가 줄을 지어 날듯이 날아가는 데서 온 말로, 발음을 '안항'이라 한다.

주13 **天池** 江蘇省 蘇州의 산 이름으로, 明淸代부터 여기서 생산된 차가 이름이 났다. 천지차는 흔히 虎丘茶와 비교되어 豆氣와 綠色으로 특징지어진다.

　・寒月 諸茶黝黯無色 而彼天地茶 獨翠綠媚人 可念也 _ 李日華,『紫桃軒雜錄』

　・天地茶 青翠芳馨 瞰之賞心 嗅亦消渴 誠可稱仙品 諸山之茶 尤當退舍 _ 屠隆,『茶箋』

주14 **天台之雁宕** 浙江省 동남쪽의 雁蕩山에서 생산되는 차를 雁山茶 혹은 안탕차라 부른다.

　・浙東多茶品 雁山者稱第一 _ 勞大興[淸],『甌江逸志』

주15 **括蒼之大盤** 절강성 남동부에 걸쳐 있는 산이 괄창산으로 대반차가 생산되었다. 1,500미터 이상의 연봉들에 연평균 18도를 오르내리고, 다습한 속에 운무가 많아 좋은 차가 생산된다.

주16 **東陽之金華** 절강성 중부에 있는 茶區로 금화를 중심으로 평균기온 17도 정도, 강우량이 1,300~1,800mm 정도이다.

주17 **紹興之日鑄** 절강성 杭州灣 남쪽의 紹興 餘姚 嵊縣 등지로, 남송대에 治所를 두었던 차의 산지이다. 『다경』에서 말한 越州 餘姚

의 瀑布嶺도 이 지역이며, 會稽의 日鑄茶, 臥龍의 瑞草茶 등 녹차 명산지였다. 일주는 소흥시 동남쪽으로 越代의 鑄劍之處였기에 생긴 이름이다.[越王鑄劍 他處皆不成 至次一日而鑄成 故謂之日鑄] 여기서 생산되는 일주차가 유명했다.

- 日鑄茶 爲兩浙草茶之冠 歷代修貢 _ 歐陽脩, 『歸田錄』
- 會稽日鑄山 茶品冠江浙 山去縣幾百里 有上竈下竈 蓋越王鑄劍之地 _ 楊彦齡[宋], 〈楊公筆談〉

주18 **睦之鳩坑** : 절강성 항주 서남부 新安江 중류에 있는 淳安의 옛 이름이다.

- 中把睦州鳩坑茶與 湖州紫笋茶 婺州東白茶等列 爲全國主要名茶 _ 李肇[唐], 『唐國史補』
- 淳安茶舊産鳩坑者佳 唐時稱爲貢物 宋朝罷貢 _ 『麗陵志』
- 鳩坑在黃江潭對澗 二坑分繞 鳩坑地産茶 以其水蒸之 色香味俱臻妙境 _ 『翰墨全書』
- 睦州之鳩坑 極妙 _ 毛文錫[五代], 『茶譜』

주19 **四明之朱溪** 절강성 餘姚의 四明山茶區. 南宋代부터 朱溪를 중심으로 貢茶를 만든 곳이고, 지금은 四明十二雷 四明龍尖 등을 생산한다. 옆에 曹娥江이 흐르는 剡縣[嵊縣]이 있다.

주20 **泉州之淸源** 복건성 晉江縣 일대의 고지명으로, 진강 북쪽의 泉山에서 생산되던 차이며, 지금은 閩南茶區에 속하는 閩候縣에서 생산된다.

주21 **楚之産曰寶慶** 초는 湖南省 일대에 대한 지명으로 역사상 변천이 많았다. 지금은 湖南茶區 중 湘西에 속하며, 長沙의 湘鄕이라는 곳을 중심으로 湘江 지류에 있다.

• 湖南茶葉 主産長沙 岳州 寶慶 常德 四府 25縣 _『湖南通志』

주22 **滇之産曰五華** 운남성 일대로 滇湖에서 유래한 이름이며, 발효차가 많이 생산되는 곳이다. 오화는 崑明城 밖에서 생산되던 차 이름이다.

• 雲南省 五個茶區 : 滇西 滇南 滇中 滇東北 滇西北

🍃해설

지역별 차의 생산에 관하여 일별했다. 강북의 차에 대하여 먼저 설명하고, 다음에 강남일대의 명차 생산에 관하여 기술했다. 각 고장의 차들은 그 나름대로의 특징이 있지만 공통적으로 어떤 차든 만드는 이의 정성과 공력이 명차를 낳는다는 것을 강조했다. 또 당시의 차 생산 분포를 알 수 있는 좋은 자료가 된다.

2

今古製法 금고제법

古人製茶 尚龍團鳳餅 雜以香藥[주1]
고인제다 상용단봉병 잡이향약

蔡君謨諸公 皆精於茶理[주2]
채군모제공 개정어다리

居恒鬪茶 亦僅取上方珍品碾之 未聞新製
거항투다 역근취상방진품연지 미문신제

若漕司所進第一綱 名北苑試新者 乃雀舌水芽所[주3][주4][주5][주6]
造 약조사소진제일강 명북원시신자 내작설수아소조

一銙之値 至四十萬錢 僅供數盃之啜 何其貴也
일과지치 지사십만전 근공수우지철 하기귀야

然水芽先以水浸 已失眞味[주7]
연수아선이수침 이실진미

又和以名香 益奪其氣 不知何以能佳[주8]
우화이명향 익탈기기 부지하이능가

不若近時製法 旋摘旋焙 香色俱全 尤蘊眞味
불약근시제법 선적선배 향색구전 우온진미

고금의 제다법

옛 사람들은 차를 만들 때 용단봉병에 향약을 섞는 것을 좋아했다. 채군모 같은 이들은 모두 차의 이론에 정박(精博)하였다. 차 겨루기를 할 때는 언제나 제일 윗길의 진품을 겨우 구하여 갈아서 쓰고, 새로이 만들었다는 말은 듣지 못했다. 전운사에서 제일 처음 진상한 북원시신과 같은 것은, 작설과 수아로 만들었다. 한 덩이의 값이 사십만 전이나 되어, 겨우 몇 잔 마시는데 제공될 뿐이니, 그 귀함이 어떠했겠는가?

그러나 수아는 먼저 물에 적셔서 이미 차의 진미를 잃고, 또 유명한 향료를 섞어서 차의 기를 더욱 빼앗겼으니, 어찌 능히 좋아질 수 있는지는 알 수가 없다. 이즈음의 제법에는 금방 따서 바로 만드니, 향과 색이 다 온전하고, 더욱 차의 진미가 들어 있는데 이것과 같겠는가.

🍃주해

주1 **雜以香藥** 차의 향을 도우려고 다른 향료를 섞는 것
 • 중국의 茉莉花茶[쟈스민]나 玫瑰[장미]차 등이 대표적이다.
 • 茶有眞香 而入貢者微以龍腦和膏 欲助其香 建安民間試茶 皆不入香 恐奪其眞 若烹點之際 又雜珍果香草 其奪益甚 正當不用 _ 채양, 『다록』

주2 **蔡君謨** 1012~1067. 宋代의 學者요 茶人이면서 行政家였다. 字를 君謨라 하고 興化 仙遊人(지금의 福建省 仙遊縣)이다. 天聖 8

년(1030) 19세에 進士가 되고, 慶曆 4년(1044) 福州의 知府로 나갔다가, 福建 轉運使가 되어 小龍團을 만들어 進貢했다. 仁宗의 은 총을 입어 君謨라는 字를 받고, 秘書丞知諫院, 同修起居注를 지냈다. 治平年間(1064~1067, 英祖)에는 端明殿學士, 禮部侍郎을 역임했으며, 중국 橋梁建造史上 아주 중요한 인물이다. 書藝에 精工하여 當代 제일이었고, 宋代 四家[蘇軾, 黃庭堅, 米芾, 蔡襄]의 한 사람으로 꼽힌다. 茶의 産地에서 어릴 적부터 차를 좋아하여, 복건에 근무하면서 나라에 바치는 硏膏茶를 만들고, 『茶錄』을 저술했으며, 詩文으로도 이름을 떨쳤다. 死後에 나라에서 '忠惠'라는 謚號를 내렸다. 著書에 『蔡忠惠集』, 『荔枝譜』가 전한다.

주3 **漕司** 一名 轉運使. 國策의 생산물인 소금, 茶 등속의 것을 管理監督하고, 그 세금을 받아 운송하는 책임을 맡은 관아[漕臺]의 책임자다.

주4 **第一綱** 綱은 '벼리'라는 뜻인데 여기선 화물의 단위를 지칭한다. 제일강은 제일 먼저 만들어 진상하는 차들을 말한다.

· 細色五綱, 麤色五綱

주5 **試新者**

· 細色第一綱 龍焙貢新 … 細色第二綱 龍焙試新 _『北苑別錄』; 이로 보면 필자가 착각한 모양이다. 제일강은 貢新銙라 하고 제이강을 試新銙라 한 것인데, 바꾸어 썼다.

주6 **雀舌水芽** 작설 같은 작은 싹을 물에 넣어서 골라낸 차 싹을 말한다.

주7 **水芽先以水浸** 채집한 차 싹을 쪄서 골라내려고 물에 담그는 것

주8 **和以名香** 좋은 향료와 잘 섞는 것. 곧 그냥 섞는 것이 아니고

제작 단계부터 잘 섞어서 따로 구분이 안 될 정도라는 뜻으로 '和' 자를 썼다.

🍃 해설

이 부분은 산차를 애음하는 필자로서는 당연한 견해다. 송대의 연고차는 초기에 수아로 제작하느라고 차의 진향을 맛보기 힘들어서 용뇌나 사향을 섞어서 제작한 것이, 차의 본래 가지고 있는 향기를 손상했다는 주장이다. 이런 견해는 아직도 진행 중이어서, 송대 차와 명대의 차가 서로 판이하게 부각되고 있다. 기실 자연스런 기호음료라는 면에서는 산차 쪽에 손을 들어주고 싶고, 기호의 궁극적 취지로 본다면 그 정교하게 제작하여 섬세한 부분까지 체득한 연고차에 점수를 주고 싶다.

3

採摘 채적

淸明穀雨 摘茶之候也 淸明太早 立夏太遲^{주2}
청명곡우 적다지후야 청명태조 입하태지

穀雨前後 其時適中
곡우전후 기시적중

若肯再遲一二日期 待其氣力完足 香烈尤倍 易於
收藏 약긍재지일이일기 대기기력완족 향렬우배 이어수장

梅時不蒸 雖稍長大 故是嫩枝柔葉也^{주3}
매시부증 수초장대 고시눈지유엽야

杭俗喜于盂中撮點 故貴極細 理煩散鬱 未可遽非
항속희우우중촬점 고귀극세 이번산울 미가거비

吳淞人極貴吾鄕龍井^{주4} 肯以重價 購雨前細者^{주5}
오송인극귀오향용정 긍이중가 구우전세자

狃於故常 未解妙理 芥中之人^{주6} 非夏前不摘
뉴이고상 미해묘리 개중지인 비하전부적

初試摘者 謂之開園 采自正夏 謂之春茶^{주7}
초시적자 위지개원 채자정하 위지춘차

其地稍寒 故須待夏 此又不當以太遲病之

기지초한 고수대하 차우부당이태지병지

往日無有於秋日摘茶者 近乃有之

왕일무유어추일적다자 근내유지

秋七八月 重摘一番 謂之早春 其品甚佳 不嫌少薄

추칠팔월 중적일번 위지조춘 기품심가 불혐소박

他山射利 多摘梅茶 梅茶澁苦 止堪作下食

타산사리 다적매차 매차삽고 지감작하식

且傷秋摘 佳産戒之

차상추적 가산계지

🍃 교주

• 待其氣力完足 『고금설부본』에는 '期待其氣力完足'으로 되어 있다.

• 香烈尤倍 『총서집성본』에는 '香冽尤倍'로 되어 있다.

• 其地稍寒 『총서집성본』에는 '其他稍寒'으로 되어 있다.

• 不嫌少薄 『총서집성본』에는 '不嫌稍薄'으로 되어 있다.

🍃 번역

찻잎 따기

청명과 곡우는 차를 따는 시기인데, 청명은 너무 이르고 입하는 너무 늦으니, 곡우 전후가 적당한 시기이다. 만약 하루 이틀 더 늦추어, 차의 기력이 흡족하게 완성되기를 기다리면, 향기의 짙음이 배가하고 갈무리하기도 쉽다. 매우가 내릴 때 무덥지 않으면 좀 자라서 크더라도, 이는 어린 가지에 부드러운 잎이기 때문이다. 항주의 풍속에 손으로 우(盂)에 넣어 우려마시기[沖茶法]를 즐기기 때문에 극히 가는 차를 귀히 여기고, 번잡하고 울적함을 없애준다고 하는데, 바로 아니라고 하는 것은 옳지 않다.[그 남은 풍습이 현재의 蓋碗飮茶法이다]

오송 사람들은 내 고향 용정차를 아주 귀하게 여겨서, 비싼 값에도 우전의 가는 차를 사는 것은, 지난날[당송대]의 상식화된 이론에 익숙하여, 지금 차의 묘리를 모르기 때문이다. 나개의 사람들은 입하가 아니면 그 전에는 따지 않는다. 처음 따기 시작하는 것을 개원이라 한다. 입하 때부터 따는 것을 춘차라 한다. 그 지역이 좀 추워서 입하를 기다리는데, 이것을 너무 늦다고 걱정하는 것은 마땅치 않다. 지난날에는 가을에 차를 따는 사람이 없었으나, 근자에는 있다. 가을 7~8월[음력]에 다시 한 번 더 따는 것을 '조춘'이라 하는데, 그 품질이 아주 좋아서 조금 엷지만 싫어할 수 없다.

다른 산(山, 産地)에서는 이익만을 노려 매우 시절에 차를 많이 딴다. 매차는 쓰고 떫어서 식후 음료로 적당할 뿐이다. 또 가을차 따기에 손상을 주므로, 좋은 차를 만드는 곳에서는 이것[매차를 많이 땀]을 꺼린다.

주1 **清明穀雨**

  • 24절기 : 태양의 黃道上 위치에 따라서 정한 陰曆의 절기를 말한
  다. 平氣로는 5일을 1候, 3候를 1氣, 1年을 24氣로 정한 것이다.
  定氣로는 황도를 24등분하여 각각의 등분점에 태양의 중심이 오
  는 시기이다.

24절기표

계절	24절후	일재[양력]
봄[春]	입춘(立春)	2월 3~5일
	우수(雨水)	2월 18~20일
	경칩(驚蟄)	3월 5~6일
	춘분(春分)	3월 20~22일
	청명(淸明)	4월 4~5일
	곡우(穀雨)	4월 20~21일
여름[夏]	입하(立夏)	5월 5~6일
	소만(小滿)	5월 20~21일
	망종(芒種)	6월 5~6일
	하지(夏至)	6월 21~23일
	소서(小暑)	7월 6~8일
	대서(大暑)	7월 22~23일
가을[秋]	입추(立秋)	8월 7~8일
	처서(處暑)	8월 22~23일
	백로(白露)	9월 7~8일
	추분(秋分)	9월 22~24일
	한로(寒露)	10월 7~9일
	상강(霜降)	10월 23~24일
겨울[冬]	입동(立冬)	11월 7~8일
	소설(小雪)	11월 22~23일
	대설(大雪)	12월 6~7일
	동지(冬至)	12월 21~23일
	소한(小寒)	1월 5~7일
	대한(大寒)	1월 20~21일

주2 立夏 양력 5월 초에 드는 절후로 여름이 시작된다.

주3 梅時 중국 중남부지역에는 芒種 후 첫 壬日부터[음력 4월부터] 비가 많이 내리고, 그 사이에 매실이 누렇게 익는 계절이다. 이 때를 梅時라 하고 이 기간에 만든 차가 梅茶 혹은 梅片 등으로 불린다.

주4 吳淞 吳 지역에 있는 강 이름으로 太湖에서 黃浦江과 합쳐져 바다로 간다.

주5 龍井 浙江省 杭州 西湖 東南쪽 鳳凰嶺에 있는 샘으로 옛날에는 龍泓 혹은 龍泉이라 불렀다.
- 今武林諸川 惟龍泓入品 _ 田藝衡, 『煮泉小品』
- 龍泓今稱龍井 因其深也. 郡志稱有龍居之 非也. 盖武林諸川 故發源天目 以龍飛鳳舞之讖 皆西湖之山多以龍名 _ 田藝衡, 『煮泉小品』

주6 岕中之人 羅岕는 지금 江蘇省 宜興縣 남쪽 즉 宜興과 長興의 사이에 있다. 명대에는 羅岕茶가 이름을 날렸다. 羅氏들이 많이 거주해서 생긴 이름이다.
- 羅岕去宜興而南逾八九十里 浙直分界 只一山岡 岡南卽長興 _ 周起高, 『洞山岕茶系』

주7 正夏 첫 여름, 곧 立夏 時期를 말한다.
- 正은 첫 번째라는 뜻으로 '正月'에 사용하듯이 여기서도 처음의 의미다.

주8 早春 명대에는 가을에 따는 차를 春茶라 하여, 早春과 小春으로 나누었다.
- 馬端臨의 『文獻通考』에 따르면 宋代에도 歙州에서 만든 片茶로 '早春'이 있었다.

필자가 송대의 유습대로 아주 어리고 가는 차만을 채취해서 차를 만드는 일은 산차에서는 가장 바람직하지는 않다고 했다. 차가 어느 정도 자란 것이라야 제 맛과 향을 낼 수 있다는 말이다. 그래서 여름에 따는 차가 조춘 소춘 등의 이름으로 많은 사람들에게 애용되었음을 알 수 있다.

4

炒茶 초다

生茶初摘 香氣未透 必借火力以發其香
생다초적 향기미투 필차화력이발기향

然性不耐勞 炒不宜久
연성불내로 초불의구

多取入鐺 則手力不勻 久於鐺中 過熟以香散矣
다취입당 즉수력불균 구어당중 과숙이향산의

甚且枯焦 不堪烹點
심차고초 불감팽점

炒茶之器 最嫌新鐵 鐵腥一入 不復有香
초다지기 최혐신철 철성일입 불복유향

尤忌脂膩 害甚於鐵 須豫取一鐺 專用炊飯
우기지니 해심어철 수예취일당 전용취반

無得別作他用 炒茶之薪 僅可樹枝 不用幹葉
무득별작타용 초다지신 근가수지 불용간엽

幹則火力猛熾 葉則易燄易滅
간즉화력맹치 엽즉이염이멸

鐺必磨瑩 旋摘旋炒 一鐺之内 僅容四兩

당필마형 선적선초 일당지내 근용사량

先用文火焙軟 次加武火催之

선용문화배연 차가무화최지

手加木指 急急鈔轉 以半熟爲度 微俟香發 是其候
矣 수가목지 급급초전 이반숙위도 미사향발 시기후의

急用小扇 鈔置被籠 純綿大紙襯底燥焙積多 候冷 入
缾收藏 급용소선 초치피롱 순면대지친저조배적다 후냉 입병수장

人力若多 數鐺數籠 人力卽少 僅一鐺二鐺 亦須四五竹籠

인력약다 수당수롱 인력즉소 근일당이당 역수사오죽롱

蓋炒速而焙遲 燥濕不可相混 混則大減香力

개초속이배지 조습불가상혼 혼즉대감향력

一葉稍焦 全鐺無用 然火雖忌猛 尤嫌鐺冷 則枝葉不柔

일엽초초 전당무용 연화수기맹 우혐당냉 즉지엽불유

以意消息 最難最難

이의소식 최난최난

🖋 교주

- **專用炊飯** 『설부속본』『총서집성본』『고금설부본』에는 모두 '炊'가 '飮'으로 되어 있다.

- **無得別作他用** 『총서집성본』에는 '作他'가 없이 '無得別用'이다.

- 炒茶之薪 『총서집성본』에는 '採茶之薪'으로 되어 있다.
- 次加武火催之 『총서집성본』『고금설부본』에는 모두 '加' 자가 '用' 자로 되어 있다.

🍃 번역

찻잎 덖기

나무에서 찻잎을 처음 따면 [안에서] 향기가 뚫고 나오지 못하니, 반드시 불의 힘을 빌려야 그 향기가 피어난다. 그러나 그 성질이 불을 오래 견디지 못하니 오래 덖어서는 안 된다. 솥에 많이 집어넣고 손놀림이 고르지 못하면서 오래 솥에 두면, 지나치게 익어서 향기가 사라진다. 심하면 마르고 타서 팽점[다리거나 우리는 것]을 감당할 수가 없다.

차를 덖는 그릇으로 쇠를 가장 꺼리니, 쇠 냄새를 한 번만 쏘이면 다시 향기를 회복할 수 없다. 더구나 기름때는 그 해로움이 쇠보다 심하기 때문에 더욱 꺼린다. 모름지기 미리 한 솥을 취하여 밥 짓는 데만 전용하고 다른 용도로는 사용하지 않는다. 차를 덖는 땔감은 잔 나뭇가지는 허용되지만, 굵은 가지나 잎은 사용하지 않는다. 굵은 줄기는 화력이 너무 강하고 잎은 불꽃이 한결같지 못하다.

솥은 반드시 반짝이게 닦아 두고 잎을 따는 즉시 바로 덖도록 해야 한다. 한 솥에는 네 양[150g 정도] 정도가 가능하다. 먼저 여린 불로 부드럽게 덖고, 다음에는 센 불로 빨리 덖는다. 손에 나무 손가락을 끼고 빨리빨리 움켜 뒤집어 덖는데, 반숙 정도가 기준이다. 조금 기다리면 향기가 나는데, 그것이 곧 반숙의 징후이다. 피

롱에 곧 담아 작은 부채로 빨리 부쳐 식히고, 순면의 천이나 넓은
종이를 바닥에 깔고 덖은 차가 많이 쌓이면, 식기를 기다려 병에
넣어 갈무리한다.

만약 인력이 많으면 솥과 피롱 여럿을 준비하고, 인력이 적으면
한두 개의 솥으로 거의 되고 죽롱은 네다섯 개가 필요하다. [이것
은] 빨리 덖어도 늦게 말리면, 마른 것과 습한 것이 서로 섞여 좋
지 않기 때문이다. 섞이면 향이 크게 줄어든다. 한 잎이라도 조금
타기만 하면 온 솥의 것은 전부 못 쓰게 된다. 그래서 사나운 불을
꺼려하지만 솥이 식는 것은 더욱 피해야 하니, 곧 잎과 줄기가 부
드럽지 않아진다. 불이 센지 여린지에 대한 헤아림이 가장 어렵고
어려운 까닭이다.

주해

주1 **生茶** 나무에 달린 신선한 찻잎

주2 **鐵腥** 쇠에서 나는 비린내. 곧 쇠의 냄새로 단련되지 않는 쇠에서
심하다.

주3 **豫** '預'[미리]와 같은 뜻으로 쓰였다.
   • 滌芽惟潔 濯器惟淨 _『大觀茶論』

주4 **四兩** 지금의 무게로는 약 150g 정도다.

주5 **文火** 숯불을 조정하여 약하게 한 불

주6 **武火** 활화의 숯불이 세차게 연소하는 상태의 불
   • 新採 揀去老葉及枝梗碎屑 鍋廣二尺四寸 將茶一斤半焙之 候鍋極熱
     始下茶急炒 火不可緩 待熟 方退火 徹入篩中 輕團挪數遍 復下鍋中

漸漸減火 焙乾爲度 中有玄微 難以言顯 _ 張源, 『茶錄』

주7 **木指** 차를 덖을 때 사용하는 기구로, 대부분 대나무로 손 모양에
맞추어서 만들어, 손을 데지 않게 함.

주8 **鈔** '抄'[추리다, 가로채다]의 뜻으로 쓰였다.

주9 **被籠** 물건을 넣어 보관하는 대나무 상자

· 獨牀上有褐衾 牀北有被籠 此外空然 更無他有 _ 李復[唐], 『續玄怪錄』

주10 **則枝葉不柔** 이 구절은 의미상으로 앞에 '冷' 자가 있어야 통하
는데, 같은 자가 앞에 있기 때문에 착각해서 빠뜨린 것이다.

〈참고〉

· 夫造茶 先度日晷之短長 均工力之衆寡 會採擇之多少 使一日造成
恐茶過宿 則害色味 _ 『大觀茶論』

· 唐 肅宗 嘗賜高士張志和 奴婢各一人 志和配爲夫妻 名曰 漁童 樵
青 人問其故 答曰 漁童 使棒釣收綸 蘆中鼓枻, 樵青 使蘇蘭薪桂
竹裏煎茶 _〈浪跡先生 玄眞子 張志和 碑文〉

🍃해설

생 찻잎을 따서 곧 열을 가해야 하는 까닭과 방법을 설명한 부분
이다. 이때에 필요한 기구와 사용상 주의해야 할 점을 하나하나
기록하고 있다. 그렇게 만든 차를 보관하는 그릇, 방법 등의 세세
한 부분을 자상하게 설명했다. 오랜 체험과 경륜에서 나온 경지에
이른 사람의 견해라고 하겠다. 특히 땔감과 불 살핌에 이르면 그
전문성을 인정하는데 인색하지 않게 된다.

5

芥中製法 ^{주1} 개중제법

芥中茶不炒 甑中蒸熟 然後烘焙 ^{주2}
개중다불초 증중증숙 연후홍배

緣其摘遲 枝葉微老 炒亦不能使軟 徒枯碎耳
연기적지 지엽미로 초역불능사연 도고쇄이

亦有一種極細炒芥 乃采之他山炒焙 以欺好奇者
역유일종극세초개 내채지타산초배 이기호기자

彼中甚愛惜茶 決不忍乘嫩摘探 以傷樹本
피중심애석다 결불인승눈적채 이상수목

余意他山所産 亦稍遲採之 待其長大
여의타산소산 역초지채지 대기장대

如芥中之法蒸之 似無不可 但未試嘗 不敢漫作
여개중지법증지 사무불가 단미시상 불감만작

나개 지역의 차 만드는 법

나개 지역의 차는 덖지 않고 시루에 쪄서 익힌 다음에 불에 쬐어서 말린다.

조금 늦게 따게 되면 잎이 약간 쇠어져서, 덖는다고 해도 부드러워지지 않고 다만 말라서 부서질 따름이다. 또 일종의 극히 가는 잎으로 덖은 개차도 있지만, 이는 다른 곳에서 잎을 따 덖어서 만들어, 기이한 것을 좋아하는 이들을 속이는 것이다. 거기서 너무 애석한 것은 아주 어린 찻잎을 따므로, 차나무에 손상을 입히니 차마 해서는 안 될 일이다. 내 생각에는 다른 곳에서 생산되는 차도 그 잎이 조금 클 때를 기다려 따서, 나개 지역의 법제 방법으로 찌면 개차와 같아지지 않을 수 없을 것이라 [생각 된다.] 다만 [그대로 만들어] 먹어보지 않았기에, 감히 함부로 만들라고 하지 못한다.

🍃 주해

주1 **岕中製法** 〈3. 採摘〉의 '岕中之人' 참조. 나개지역에서 생산되던 차는 찻잎을 따서 곧 덖지 않고, 찌고 난 후 홍배를 했다. 이것이 여기서 말하는 岕中製法이다.

- 岕茶採製較晚 香濃味烈 品質最好出洞山 尤以老廟后茶爲最
  _『中國茶文化大辭典』
- 予聞茶僧言 採於春者爲春岕 採於秋者爲秋岕 烹之作蘭花香者最佳 作豌豆 花香者次之 作蠶豆花香者又次之. 秋岕味稍薄而淸洌

特甚 其純葉無枝梗者曰 芥片 _ 兪顯[淸], 『桐葉偶書』

• 熊明遇[明], 『羅岕茶記』 참고.

주2 **烘焙** 차를 만들 때 유념을 한 다음에 말리는데, 주로 불에 쪼여 말리는 것을 홍배라 한다. 중국차에서는 황차와 청차에서 많이 사용되는 제다 과정이다. 녹차에서도 같은 방법을 많이 쓴다.

해설

나개차의 제다 방법이 다른 차에 비해 다르다는 것을 강조했다. 첫째가 초다법(炒茶法)을 쓰지 않고, 증홍법(蒸烘法)을 사용했다는 것이다. 이는 지방과 시대에 따라 각양각색으로, 나름대로의 장점을 가진다. 다음으로는 제다 시기가 가을에 가깝다는 것이다. 물론 봄에 만드는 것도 있지만, 좋은 나개차는 가을철에 만든다는 것이다. 이는 아마 그 지역의 차들이 가을이 되어야 찻잎에 많은 영양분이 생성되기 때문이라고 생각된다.

6

收藏 _{수장}

收藏宜用磁甕 大容一二十斤^{주1}
수장의용자옹 대용일이십근

四圍厚箬 中則貯茶 須極燥極新
사위후약 중즉저다 수극조극신

專供此事 久乃愈佳 不必歲易
전공차사 구내유가 불필세역

茶須築實 仍用厚箬塡緊甕口 再加以箬
다수축실 잉용후약전긴옹구 재가이약

以眞皮紙包之 以苧麻緊扎^{주2}
이진피지포지 이저마긴찰

壓以大新磚 勿令微風得入 可以接新
압이대신전 물령미풍득입 가이접신

차 갈무리

차를 갈무리하는 데는 질로 된 항아리를 쓰는 것이 마땅하고, 크기는 일이십 근 들이로 한다. 사방에 죽순 껍질로 둘러싸고, 그 가운데에 차를 저장한다. 모름지기 잘 말려서 아주 신선하도록 해야 하므로, 오로지 이 일[차 갈무리하는 일]에만 전용되면, 오래될수록 더 좋아져서 해마다 바꿀 필요가 없다.

차는 반드시 쌓아서 가득 채우고, 두껍게 죽순 껍질을 사용하여 독 입구를 꽉 채우고, 다시 죽순 껍질로 덮는다. 두꺼운 닥종이로 입구를 싸고, 모시나 삼으로 꽉 묶은 후에, 새로 만든 큰 벽돌로 눌러서 조금의 바람도 들어가지 못 하게 하면, 햇차가 날 때까지 이을 수 있다.

주1 **斤** 무게 단위로 16兩을 1근으로 했다. 1兩을 37.5g으로 보면 1근은 600g 정도가 된다.

주2 **皮紙** 품질이 낮은 닥나무 종이

〈참고〉

- 茶宜箬葉而畏香藥 喜溫燥而忌濕冷. 故收藏之家 李葯葉封裹入焙中 兩三日一次 用火常如人體溫溫 禦濕潤 若火多則 茶焦不可食 _ 蔡襄[宋], 『茶錄』

- 造茶始乾 先盛舊盒中 外以紙封口 過三日 俟其性復 復以微火焙極乾 待冷貯壜中 輕輕築實 以箬襯緊 將花筍箬及紙數重 封紮壜

口 上以火煨甎冷 定壓之 置茶育中 切勿臨風近火. 臨風易冷 近火
先黃 _ 張源[明],『茶錄』
• 故收藏之法 先於淸明時 收買箬葉 揀其最靑者 五焙極燥 以竹絲
編之 每四片編爲一塊聽用 又買宜興新堅大罌 可容茶十斤以上者
洗淨焙乾聽用 _ 屠隆,『考槃餘事』

해설

차를 갈무리하는 일이 옛 사람들에게는 하나의 큰 과제였다. 진공
포장은 물론 포장재 자체가 과제였으니, 종이를 사용해도 습기 전
달이 잘 되어 자주 말려야 하고, 조금만 시간을 놓치면 발효가 되
어 향미를 상하게 되기 때문에 무척 신경 쓰이는 일이었다. 그래
서 항아리를 건조하게 하여 그 속에 죽순의 껍질을 잘 말려 안쪽
에 겹겹이 두르고, 그 안에 차를 빼곡하게 넣고 위에도 빈 공간이
없도록 대껍질로 채워서 밀봉하여 보관했다. 그러고도 항아리 위
에 벽돌을 잘 말려서 습기를 제거한 후에 눌러 두었다. 그 얼마나
정성과 공력을 들였는가 짐작이 된다.

7

置頓 치돈

茶惡濕而喜燥 畏寒而喜溫
다오습이희조 외한이희온 ^{주1}

忌蒸郁而喜清凉 置頓之所 須在時時坐臥之處
기증욱이희청량 치돈지소 수재시시좌와지처 ^{주2}

逼近人氣 則常溫不寒 必在板房 不宜土室
핍근인기 즉상온불한 필재판방 불의토실 ^{주3}

板房則燥 土室則蒸 又要透風 勿置幽隱
판방즉조 토실즉증 우요투풍 물치유은

幽隱之處 尤易蒸濕 兼恐有失點檢
유은지처 우이증습 겸공유실점검

其閣庋之方 宜磚底數層 四圍磚砌
기각기지방 의전저수층 사위전체 ^{주4}

形若火爐 愈大愈善 勿近土墻
형약화로 유대유선 물근토장

頓甕其上 隨時取竈下火灰侯冷 簇於甕傍
돈옹기상 수시취조하화회후냉 족어옹방

半尺以外 仍隨時取灰火籤之 令裹灰常燥 一以避風
반척이외 잉수시취회화족지 영과회상조 일이피풍

一以避濕 却忌火氣入甕 則能黃茶
일이피습 각기화기입옹 즉능황다

世人多用竹器貯茶 雖復多用箬護
세인다용죽기저다 수부다용약호

然箬性峭勁 不甚伏帖 最難緊實 能無滲罅
연약성초경 불심복첩 최난긴실 능무삼하

風濕易侵 多故無益也 且不堪地爐中頓 萬萬不可
풍습이침 다고무익야 차불감지로중돈 만만불가

人有以竹器盛茶 置被籠中 用火卽黃 除火卽潤
인유이죽기성다 치피롱중 용화즉황 제화즉윤

忌之忌之
기지기지

교주

- **則能黃茶** 의미상으로 앞에 '否' 자가 생략된 것으로 보인다.

- **除火卽潤** 『총서집성본』에는 '除黃卽潤'으로 나와 있다.

[차 항아리를] 둘 곳

차는 습기를 싫어하고 마른 것을 좋아하며, 추위를 두려워하고 따뜻한 것을 좋아한다. 찌는 듯이 더운 것은 꺼리고 맑고 서늘한 것을 좋아하므로, 두는 장소는 모름지기 사주 생활하는 공간 가까이에 둔다. 사람 기운과 가까우면 언제나 따뜻하여 춥지 않다. 반드시 판방에 두고, 토실에 두는 것은 좋지 않다. 판방은 건조하고 토실은 무덥기 때문이다. 또 바람이 통하는 것이 필요하니, 깊숙한 곳에 두지 말아야 한다. 깊숙한 곳에 두면 찌는 듯 무더워 습하기 쉽고, 겸하여 점검을 빠뜨릴 염려가 있다.

기각[놓아 둘 곳]을 만드는 방법은, 아래에 벽돌 몇 겹을 깔고 사방으로 벽돌로 둘러쌓는다. 모양이 화로 같고 크면 클수록 좋고, 토담과 가까우면 안 된다.

그 위에 항아리를 놓아두고, 수시로 아궁이의 재를 취하여 식힌 다음에, 독 곁에 모아둔다. 수시로 재를 취해서 반자 밖에 모아둘 때, 언제나 재가 건조하게 하여 둘러싸도록 해야 한다. [그래야] 한 편으로는 바람을 피하고, 한 편으로는 습기를 피한다. 불기가 항아리에 들면 황변이 일어나므로 아주 꺼린다.

세상 사람들이 대그릇을 차 저장용으로 많이 쓰는데, 비록 죽순 껍질을 많이 사용하여 보호하더라도 대껍질의 성질이 몹시 뻣뻣하여 쉽게 다룰 수 없고, 꼭꼭 채워 스며들 빈틈이 없도록 하기란 더욱 어렵다. [그래서] 바람과 습기가 침입하는 일이 잦은 까닭에, [대껍질을] 많이 사용해도 소용이 없다. 또 지로 안에 두어 견딜 수 없게 하는 것은 절대 불가하다. 사람들이 대그릇에 차를 채워서 피롱 안에 두는데, 불기를 쓰면 곧 누렇게 변하고, 불기를 없애면 곧 습하게 되니, 꺼리고 꺼려해야 할 일이다.

🍃 주해

주1　**茶惡濕而喜燥　畏寒而喜溫**　이 내용은 여러 다서에 나오는 말이다.
- 余每藏茶 必令樵青入山採竹箭箬 拭淨烘乾 護罌四周 半用剪碎 拌入茶中. 經年發覆 青翠如新 _ 聞龍,『茶箋』
- 茶宜箬葉而畏香藥 喜溫燥而忌冷濕 _ 屠隆,『考槃餘事』
- 藏茶之法 以箬葉封裹入茶焙中 兩三日一次 用火當如人體之溫 _ 高濂,『八箋』

주2　**坐臥之處**　앉았다 누웠다가 하는 곳은 바로 우리의 일상생활 공간이다. 흔히 이르는 '우리 손앞에 가까이'라는 말이다.

주3　**板房**　나무로 마루를 깔고 천정을 한 방인데, 벽까지 한 것도 있다. 습기가 빨리 가시고 비교적 건조하다.

주4　**閣庋**　'閣庋' 두 글자가 모두 선반의 뜻도 있고 '置放, 擱置'의 뜻도 있다. 여기서는 '놓아두는 곳[약간 높게]'의 뜻이다.
- 吳且庋閣民族主義 而言代議之不可 _『章炳麟』

주5　**黃茶**　六大 茶類의 하나로 약간 발효시킨 것을 이르지만, 여기선 '火候가 잘못되어 황변이 일어난 것'을 말한다.

주6　**地爐**　地鑪
- '大地陶冶萬物의 神爐'; '今一以天地爲大鑪' _『莊子』
- '땅에 쌓아서 만든 화로'; 軍中無事但歡窹 暖屋繡簾紅地爐

_『岑參』[唐]

- 見一老僧與希夷擁地爐坐 _『周密』[宋]

- '火炕', '地炕'; 一日大雪 方坐地鑪 使諸伎抱琴瑟择觴侍

　　_『馮夢龍』[明]

- 賴有地爐偏饒我 客來時復煮茶湯 _ 金時習, 〈地爐〉

🍃해설

완성된 차를 수장할 때, 항아리에 담아서 그 항아리를 어디에 어떻게 둘 것인가에 대한 설명이다. 먼저 우리 일상생활의 가까이에 두라는 것이다. 그래야 자주 챙겨서 살필 수 있기 때문에 다신을 잘 보존할 수 있고, 또 생활공간이기 때문에 적당한 온도를 유지하고 습기도 일정부분 제거되기 때문이다. 놓을 때 밑에 벽돌을 몇 겹 깔고, 가장자리에 축을 쌓아서 그 사이에 마른 재를 수시로 바꾸어 주라는 것이다. 이는 항아리에 습기가 침범하지 못하게 하는 방법이다. 흔히 대그릇에 차를 보관하는데, 그러면 바깥 공기에 너무 민감하게 적응하여 습기를 머금어 변하기 쉽기 때문에 좋은 방법이 아니다. 또 지로 안에 두는 것도 열에 너무 민감해서 옳은 방법이 아니다. 옛사람들이 차의 보관에 얼마나 많은 정성을 들였는지 돌이켜보게 한다.

8

取用 _{취용}

茶之所忌 上條備矣^{주1}
다지소기 상조비의

然則陰雨之日 豈能擅開
연즉음우지일 기능천개

如欲取用 必候天氣晴明 融和高朗 然後開缶
여욕취용 필후천기청명 융화고랑 연후개부

庶無風侵 先用熱水濯手 麻帨拭燥
서무풍침 선용열수탁수 마세식조

缶口內箬 別置燥處 另取小甖貯所取茶 量日幾何
부구내약 별치조처 령취소앵저소취다 양일기하

以十日爲限 去茶盈寸 則以寸箬補之
이십일위한 거다영촌 즉이촌약보지

仍須碎剪^{주2} 茶日漸少 箬日漸多 此其節也
잉수쇄전 다일점소 약일점다 차기절야

焙燥築實^{주3} 包扎如前^{주4}
배조실축 포찰여전

- 豈宜擅開 『총서집성본』에는 '豈能擅開'로 되어 있다.
- 先用熱水 『총서집성본』에는 '先用濕水'로 되어 있다.『설부속본』에는 '先用熱手'로 되어 있다.

🍃 번역

덜어 쓰기

차가 꺼리는 바는 앞에 조목조목 말했다. 그러니 음습하거나 비오는 날에 함부로 [찻독을] 열 수 있겠는가? 덜어 쓰고 싶다면, 반드시 날씨가 개어서 청명하고, 하늘이 드높고 안온한 날인지를 살핀 다음에, 항아리를 열어야 [습기나 먼지를 가진] 바람이 스며들지 않는다.

먼저 따뜻한 물에 손을 씻고, 베수건으로 마르게 닦은 다음, 항아리 입구의 죽순 껍질을 꺼내서 마른 곳에 따로 두고, 별도로 작은 앵병에다 덜어낸 차를 저장하되, 날짜를 보아 얼마나 필요한지를 헤아리는데, 열흘을 한도로 삼는다.

가득 찬 데서[차 저장 항아리] 차를 조금 덜어내면, 그만큼 대껍질을 보충하되, 대껍질은 반드시 잘게 썰어서 사용한다.

차는 날이 갈수록 적어지고, 대껍질은 날로 많아지니, 이것을 알맞게 적절히 해야 한다. 불에 쪼여서 말린 것을 차곡차곡 채우고, [항아리의] 입구는 처음과 같이 봉한다.

주1 **上條** 앞의 〈치돈〉에서 열거한 차의 습성들을 말한다. 예를 들면 "茶惡濕而喜燥 畏寒而喜溫 忌蒸郁而喜清凉"과 같은 것이다.

주2 **仍須碎剪** 대껍질을 잘게 썰어서 사용하는 것은, 그 사이의 공간을 축소하여, 습기가 되도록 적게 유입되기를 바라서이다.

주3 **焙燥築實** 바싹 마른 것이어야 차가 습해지는 것을 막을 수 있다. 꼭꼭 채우는 것도 같은 이치다. 공간이 많으면 습기가 잘 차기 때문이다.

주4 **包扎如前** 처음 차를 저장할 때 항아리 입구를 묶듯이, 느슨하지 않게 꽉 잡아 묶는다.

해설

앞에서는 보관할 때 주의해야 할 점들을 말했다. 그런데 여기서는 보관 도중에 차를 덜어서 쓸 때도 주의를 기울이지 않으면, 습한 바람이 항아리에 들어가서 차를 못 쓰게 할 수 있으니 유념해야 한다고 강조했다.

9

包裹 포과

茶性畏紙 紙於水中成 受水氣多也
다성외지 지어수중성 수수기다야[주1]

紙裹一夕 隨紙作氣盡矣
지과일석 수지작기진의

雖火中焙出 少頃卽潤
수화중배출 소경즉윤[주2]

雁宕諸山 首坐此病 每以紙帖寄遠 安得復佳
안탕제산 수좌차병 매이지첩기원 안득복가[주3]

🍃 교주

• 雁宕 『총서집성본』에는 '雁蕩'으로 되어 있다.

번역

싸기

차는 종이를 싫어하는 성질이 있으니, 종이가 물속에서 만들어지기 때문에 물기를 많이 흡수한다. 종이에 하룻저녁만 싸두면, 종이에 있던 물기를 다 받게 된다. 비록 불에 쬐어 말린 것이라도 [종이 주머니에선] 금방 젖게 된다. 안탕지역의 여러 산[차의 산지]에서는 이 근심이 첫째다. 매양 종이에 싸서 멀리 보내니, 어찌 다시 좋아짐을 얻을 수 있겠는가.

주해

주1 **紙於水中成**   종이는 닥이나, 등나무에서 채취한 섬유질들을 물에 녹여서 한 장 한 장 떠서 말려서 만드는 것이므로, 습기를 잘 흡수한다.

주2 **少頃**   짧은 시간을 말한다. 頃은 여기선 '잠깐'의 뜻이다.

주3 **雁宕諸山**   안탕의 여러 산은 곧 안탕지역 여러 차의 산지를 말한다.

• 雁宕山 : 浙江樂淸縣 東九十里 盤曲數百里 其峰百有二 谷十洞八 巖三十 爭奇競勝 絶頂有湖 雁之春歸者 留宿焉. 沈括曰 天下奇秀. 謝靈運住此.

해설

차를 포장할 때 종이를 자주 쓰는데, 이것은 차에 좋지 않다. 왜냐하면 종이는 만들어질 때부터 물과 가까워서 습기를 잘 흡수하기 때문에, 종이에 차를 싸두면 곧 습기가 차에 옮겨져서 차를 버리게 되기 때문이다.

10

日用置頓 일용치돈

日用所需 貯小罌中 箬包苧扎 亦勿見風

^{주1} ^{주2}

일용소수 저소앵중 약포저찰 역물견풍

宜卽置之案頭 勿頓巾箱書簏 尤忌與食器同處

^{주3}

의즉치지안두 물돈건상서록 우기여식기동처

竝香藥則染香藥 竝海味則染海味 其他以類而推

^{주4} ^{주5}

병향약즉염향약 병해미즉염해미 기타이유이추

不過一夕 黃矣變矣

불과일석 황의변의

교주

· 日用所需 '需'가『고금설부본』에는 '須'로 되어 있다.

· 竝海味則染海味 '竝'이『총서집성본』『고금설부본』에는 '幷'으로 되어
있다.

· 黃矣變矣 '變' 자가『고금설부본』에는 '坏'로 되어 있다.

며칠 사이에 쓸 차를 두는 곳

며칠 사이에 쓸 차는 작은 앵병에 넣고, 대껍질로 싸서 노끈으로 묶어서, 바람을 쏘이지 않게 한다. 책상머리에 두는 것이 좋고, 갓통이나 책 상자에 넣어두지 말아야 하고, 더욱이 식기와 함께 두어서는 안 된다. 향료와 함께 두면 향료에 물들고, 해산물과 함께 두면 곧 해산물에 물드니, 나머지 것들은 이로 미루어 같다. 하루저녁만 지나도 누렇게 변해 버린다.

주해

주1 **日用所需** 원래는 '날마다 사용하는데 필요한 것'이란 뜻이지만 여기서는 '가까운 며칠 사이에 달여 마실 차'라는 의미다.

주2 **小甖** '작은 병'을 말하는데, 지금 '다호'로 곧 쓸 차를 덜어서 보관하는 그릇이다. 작은 항아리 모양이다.

주3 **巾箱書簏** 갓이나 冠, 망건 등을 보관하는 통을 '巾箱'이라 하고, 책을 보관하는 상자를 '書簏'이라 한다. 이것들은 오래 사용하기 때문에, 곰팡이나 머리 냄새가 나기 쉬우므로 그 안에 차를 보관하면 오염되기 쉽다.

주4 **香藥** 香料

• 大同元年 復遣使獻 金銀 琉璃 雜寶 香藥等物
  _『南史』,〈夷貊傳(上)〉

• 壬戌 錢俶 進賀平 昇州銀絹 乳香 吳綾 紬綿 錢茶 犀象 香藥 皆億萬計 _『宋史』〈太祖記〉

주5 **海味** 海産食品
  · 雖在南土 而會稽海味 無不畢至 _『南齊書』〈虞悰傳〉
  · 安俳得酒食 果品 海味 _『水滸傳』九回

🍃해설

차를 큰 항아리에서 덜어내어, 며칠 안에 사용할 차를 보관하는
방법을 말했다. 앞에서는 습기를 조심하는 것이지만 여기선 냄새
를 조심해서 차의 향기에 손상이 없도록 하라는 것이다.

11

擇水 택수

精茗蘊香 借水而發 無水不可與論茶也 ^{주1}
정명온향 차수이발 무수불가여론다야

古人品水 以金山中泠爲第一泉 ^{주2} ^{주3}
고인품수 이금산중령위제일천

第二 或曰廬山康王谷 ^{주4}
제이 혹왈여산강왕곡

第一廬山 余未之到 金山頂上井 亦恐非中泠古泉 ^{주5}
제일여산 여미지도 금산정상정 역공비중령고천

陵谷變遷 已當湮沒
능곡변천 이당인몰

不然 何其漓薄不堪酌也
불연 하기리박불감작야

今時品水 必首惠泉 甘鮮膏腴 致足貴也 ^{주6}
금시품수 필수혜천 감선고유 치족귀야

往三渡黃河 始憂其濁 舟人以法澄過 ^{주7}
왕삼도황하 시우기탁 주인이법징과

飮而甘之 尤宜煮茶 不下惠泉
음이감지 우의자차 불하혜천

음이감지 우의자다 불하혜천

黃河之水 來自天上 濁者土色也

황하지수 래자천상 탁자토색야

澄之旣淨 香味自發

징이기정 향미자발

余嘗言有名山則有佳茶 茲又言有名山必有佳泉

여상언유명산즉유가다 자우언유명산필유가천[주8]

相提而論 恐非臆說

상제이논 공비억설

余所經行 吾兩浙兩都 齊魯 楚粤 豫章 滇 黔

여소경행 오양절양도 제로 초월 예장 전 검[주9][주10][주11][주12][주13][주14]

皆嘗稍涉其山川 味其水泉

개상초섭기산천 미기수천

發源長遠 而潭沚澄澈者 水必甘美

발원장원 이담지징철자 수필감미[주15]

卽江河谿澗之水 遇澄潭大澤 味咸甘冽

즉강하계간지수 우징담대택 미함감렬[주16]

唯波濤湍急 瀑布飛泉 或舟楫多處 則苦濁不堪

유파도단급 폭포비천 혹주즙다처 즉고탁불감

蓋云傷勞 豈其恒性

개운상로 기기항성

凡春夏水長則減 秋冬水落則美

범춘하수장즉감 추동수락즉미

- 第二 或曰廬山康王谷 『고금설부본』에는 '第二' 두 자가 없다.
- 致足貴也 『총서집성본』에는 '致' 자가 '至'로 되어 있다.
- 往三渡黃河 『총서집성본』에는 '三' 자가 '曰'로 되어 있다.
- 必有佳泉 『고금설부본』에는 '必' 자가 '則'으로 되어 있다.
- 凡春夏水長則減 『총서집성본』에는 '長' 자가 '漲'으로 되어 있다.

🍃번역

물의 선택

정성을 쏟아 만든 좋은 차의 향기도 물의 힘을 빌려야 피어날 수 있으니, 물이 없다면 차를 논할 수 없다. 옛사람들아 물을 품해서, 금산의 중령천을 제일의 샘으로 삼고, ['第二'가 없는『고금설부본』이 옳다] 혹자는 여산의 강왕곡수를 치기도 한다. 제일로 치는 여산에는 나도 가보지 못했고, 금산 꼭대기의 우물이 옛 중령천이 아닌가 한다.

능선과 골짜기도 변하여 이미 [샘이] 사라져 없어졌다. 그렇지 않다면 어찌 얕아져서 물을 긷지도 못하는가. 지금은 물의 품수는 혜산천수를 제일로 치는데, 달고 산뜻하며 부드러워서 족히 귀하다 할 만하다. 내가 황하를 세 번이나 건넜는데, 처음에 그 물이 탁한 것을 염려하니, 뱃사람이 비법을 써서 물을 맑게 하여, 마셔 보니 달고 더욱 차를 달이는데 알맞아 혜산의 물에 못하지 않더라. 황하의 물은 하늘에서 내리기 때문에, 흐린 것은 흙색이다.[물의 색은 아니다] 물을 맑게 하면 벌써 깨끗해져서, 향기로운 맛이 스스로 드러난다. 내 일찍이 명산이 있다면 좋은 차도 같이 있다고 했는데, 지금 또 명산이 있으면 반드시 좋은 샘도 있다고 말하노라. [이렇게] 서로 엮어서 말해도 억설은 아닐 것이다.

내가 다녀본 바는 양절과 양도, 제로, 초, 월, 예장, 전, 검으로, 모두 지난날 조금씩 그 산천을 다니면서 그곳의 물과 샘을 맛보았는데, 발원지가 길고 멀면 못물이 맑고 깨끗하여, 반드시 물맛이 달고 좋았다. 강하나 계곡의 물이 맑은 상태로 큰 못에 이르면 모두 맛이 달고 깨끗하다. 오직 물결이 거센 여울이나 폭포에서 떨어지는 물, 혹은 배가 많이 다니는 곳의 물은 탁해서 사용할 수가 없다. 대부분의 사람들이 말하기를 '[물도] 상하고 지치면 어찌 그 본래의 품성이 한결 같겠는가'라 한다. 대개 봄여름의 물은 넘쳐 흐르니 맛이 덜하고, 가을겨울의 물은 줄어지니 맛이 좋다.

🍃 주해

주1 **精茗蘊香 借水而發 無水不可與論茶也** 물의 중요함
   • 湯者 茶之司命 若名茶而濫湯 則與凡末[水]同調矣
     _ 蘇廙, 『十六湯品』
   • 茶者水之神 水者茶之體 非眞水莫顯其神 非精茶曷窺其體

_ 張源,『茶錄』〈品泉〉

· 中有玄微妙難顯 眞精莫敎體神分 泉品云 茶者水之神 水者茶之體
　非眞水莫顯其神 非眞茶莫窺其體 _ 『동다송』

주2 **古人品水** 陸羽의 『茶經』, 張又新의 『煎茶水記』 중 劉伯芻의 언
급, 田藝蘅의 『煮泉小品』, 歐陽修의 『大明水記』와 『浮槎山水記』 등

주3 **金山中冷** 금산 중령의 물. 金山은 江蘇省 鎭江 서북쪽에 있는
산 이름으로 주변에 金山寺가 있다. 中冷은 中濡와 같은 뜻으로 泉
名이다.

· 鎭江西北 金山下長江中 相傳其水 烹茶最佳 有天下第一泉之稱
　今江岸沙漲 泉已沒沙中.

· 中冷南畔石盤陁 古來出沒隨濤波 _ 蘇軾,〈游金山寺〉

· 一甌細啜眞天味 却笑中冷妄得名
　_ 高啓,〈煮雪齋爲貢文學賦禁言茶〉

· 揚子江有中冷水 爲天下點茶第一 _ 程繡

주4 **廬山康王谷** 入谷中 溯澗行五里至龍泉院 又二十里 有水簾飛泉
被巖而下者 二三十派 其高不可計 其廣七十餘丈 陸羽茶經其水爲天
下第一 _ 陳舜兪[宋],『廬山記』

주5 **金山頂上井** 上海市 松江縣 부근의 바다 가운데 있는 산 이름
· 華亭竝海有金山 潮至則在海中 潮退乃可游山 有寒穴泉 甘冽與惠
　山相埒 _ 『觀林詩話』[宋]

· 허차서도 말했듯이 여기서 말하는 금산물이 앞에 나온 진강의
　금산물과 같은 것이리라 생각된다. 그것은 長江이 진강 옆으로
　흐르기 때문에 그것이 바로 양자강 중령수이기 때문이다.

주6 **惠泉** 一稱 陸子泉. 江蘇省 無錫市 西쪽에 있다. 唐 大歷 末年에

팠으며, 승 惠照가 근처에 있었기에 붙은 이름이다. 上中下 三池가 있는데 상지가 제일 좋다.[甘香重滑 極宜煮茶] 劉伯芻와 張又新이 天下第一水라 했고, 宋 徽宗時 宮庭에 上貢되었다.

주7 **黃河** 青海에서 出源하여 8,800여 리를 흘러 서해에 닿는다. 山西의 汾水, 陝西의 渭水, 河南의 洛水 등이 어울려서 크게 흐른다.

주8 **有名山必有佳泉**

- 山厚者泉厚 山奇者泉奇 山淸者泉淸 山幽子泉幽 皆佳品也. 不厚則薄 不奇則蠢 不淸則濁 不幽則喧 必不佳泉

  _『煮泉小品』

- 山深厚者 雄大者 氣盛麗者 必出佳泉水. 山雖雄大而氣不淸越 山觀不秀 雖有流泉 不佳也. … 泉可食者 不但山觀淸華 而草木亦秀美 仙靈之都薄也 _ 徐獻忠, 〈水品〉

- 山削者泉寡 山秀者有神 眞源無味 眞水無香

  _ 陸廷燦, 『續茶經』〈五之煮〉

  cf.『續茶經』에 있는 부분과 張源의『茶錄』에 있는 부분이 같지 않다. 이는 육정찬이 본『다록』과 지금 남아 있는『다록』이 다른 판본이었음을 증명한다.

주9 **兩浙** 兩淛

- 唐肅宗時 江南東道 爲浙江東路和浙江西路. 浙江東路謂浙東 浙江西路謂浙西. 錢塘江以南爲浙東 錢塘江以北爲浙西. 지금은 절강성 전체를 뜻한다.

- 兩都

  ① 周, 漢, 唐 때에는 長安과 洛陽을 지칭했다. 漢 班固의 〈兩都賦〉, 唐 李嶠의 〈四海帝王家 兩都周漢室〉, 韓愈의 〈四海失巢穴 兩都

困塵埃〉 참조.

② 五代[梁] 때는 開封府와 河南部를 지칭했다.

③ 明代에는 北京과 南京을 지칭했다.

주10 **齊魯** 산동에 있었던 나라들이다. 齊는 泰山 이북 황하지역이었고, 魯는 춘추시기 공자가 있던 나라다.

주11 **楚粤** 湖北省과 廣東省 一帶

· 楚 : 옛 나라 이름. 일반적으로 四川一帶를 지칭함. 西周時 荊山
一帶에 있던 나라로 丹陽에 都邑했다가 후에 郢으로 옮겼다. 周
나라 사람들이 荊蠻이라 불렀다. 春秋戰國時代에 강성하여 五覇
의 한 나라였으며, 湖北 湖南 河南 安徽 江蘇 浙江 江西 四川에
걸쳐서 크게 세력을 떨쳤으나, 戰國末에는 쇠약해져서 淮陽으로
천도하고 이어서 壽春으로 옮겼다가, BC 223년에 멸망했다.

· 粤 : ① 古民族名으로 江, 浙, 閩, 粤 一帶에 살았다. ② 地名으로
百粤族이 살던 지역인 桂林, 象郡, 百粤, 兩粤[廣東과 廣西]을 말
했다.[康有爲 "上粤督李鴻章書"; 而兩粤富腴之地 繁殖之民] 후
에는 廣東省의 별칭으로 사용되고, 南中國海를 粤海라 한다.

주12 **豫章**

① 古臺觀名[옛사람들이 경관을 보기 위한 곳]. [班固 〈西都賦〉
"上林有豫章觀"; 張衡, "豫章珍館"]

② 옛 군 이름 : 江西省 南昌을 이른다.

주13 **滇** 雲南의 簡稱

① 湖水 이름[益州에 있던 못 이름]

② 옛 나라 이름으로 雲南省 滇池 부근에 있었다[戰國 때 莊蹻가
세움].

③ 그 곳에 살던 民族들을 滇族이라 하고, 滇池를 지금 崑明湖라
한다.

주14 黔 貴州[黔南] 烏江으로 流入되는 강에 '黔江'이 있다.

주15 發源長遠 而潭沚澄澈者 水必甘美 물이 오랫동안 깨끗이
흐르면 자연스럽게 정화되어 더 좋은 물이 될 수 있음을 말한다.

① 圓嶠山北 甛水繞之 味甛如蜜 _『拾遺記』

② 天一生水 而精明不淆. 故上天自降之澤 實靈水也 _『煮泉小品』

③ 山深厚者 若大者 氣盛麗者 必不佳泉水 _ 徐獻忠, 『水品』

④ 王屋山道家小有洞天 盖濟水之源 源于天壇之巓 伏流至濟瀆祠
復見合流至 溫縣虢公臺 入于河 其流迅疾. 在醫家去病 如東阿之
膠 靑州之白藥 皆其伏流所製也. … 諸始得道者 皆詣陽臺 陽臺是
淸虛之宮 下生鮑齊之水 水中有石精 得而服之可長生 _ 徐獻忠,
『水品』

주16 江河谿澗之水 遇澄潭大澤 味咸甘洌 좋은 물의 수원은
멀기도 하고 얻기가 쉽지 않지만, 그 물이 알맞은 여건에서 흘러
못이나 강에 이르면, 여러 가지 좋은 영양소나 약성들을 얻어서 좋
게 된다는 말이다.

① 泉可食者 不但山觀淸華 而草木亦秀美 _ 徐獻忠, 『水品』

② 長桑君 飮以上池之水 上池水者 水未至地 承取露華水也
_ 徐獻忠, 『水品』

③ 終南山之陰太乙宮者 漢武因山有靈氣 立太乙元君祠 於澄源池之
側. 宮南三里 入山谷中 有泉出奔 聲如擊筑 如轟雷. 卽澄源派也.
池在石鏡之上 一名太乙湫 環以群山 雄偉秀特 勢逼宵漢 神靈降
游之所 止可飮勺取甘不可穢褻 _ 徐獻忠, 『水品』

④ 今金山淪入江中 則有三流水 故昔之南泠 乃列爲中泠稱. 中泠有
石骨 能淳水不流 澄凝而味厚 _ 徐獻忠,『水品』

해설

역시 대가(大家)답게 물의 선택에 관하여 경험을 통한 여러 경우
를 열거하면서, 합리적인 결론을 내렸다. 이 시기는 교통의 불편
이나 여건이 한 개인이 여러 곳을 다니며 체험하기가 쉽지 않았을
텐데, 많은 경험을 한 것은 차를 워낙 좋아했기 때문이었을 것이
다. 지금 우리는 물을 얻기가 아주 간편해져서 절실히 느끼지 못
하지만, 당시에는 좋은 물 얻기가 쉽지 않았음을 생각하면, 이 내
용이 마음에 닿는다. 여기에 비해 우리는 물의 선택에 성의가 좀
부족하지 않은가 반성이 되기도 한다.

12

貯水 _{저수}

甘泉旋汲用之斯良 丙舍在城 夫豈易得^{주1}
감천선급용지사량 병사재성 부기이득

理宜多汲 貯大甕中
이의다급 저대옹중

但忌新器 爲其火氣未退 易於敗水 亦易生蟲
단기신기 위기화기미퇴 이어패수 역이생충

久用則善 最嫌他用 水性忌木 松杉爲甚^{주2}
구용즉선 최혐타용 수성기목 송삼위심

木桶貯水 其害滋甚 挈瓶爲佳耳
목통저수 기해자심 설병위가이

貯水甕口 厚箬泥固 用時旋開^{주3}
저수옹구 후약니고 용시선개

泉水不易 以梅雨水代之^{주4}
천수불이 이매우수대지

• **斯良** 『총서집성본』에는 '則良'으로 나온다.

✐ 번역

물의 저장

좋은 샘물을 길어 곧 쓰는 것이 좋지만, 거처가 성 안에 있으면 어찌 쉽게 얻을 수 있겠는가. [그러니] 많이 길어서 큰 항아리에 저장하는 것이 이치에 맞다.

다만 새 항아리는 꺼려야 하니, 그 불기운이 아직 남아 있어서, 물을 못 쓰게 하기 쉽고, 또 벌레가 생기기 쉽다. [그래서] 오래 사용한 것이 좋지만 다른 용도로 사용된 것은 절대 안 된다. 물의 성질이 나무를 싫어하는데, 소나무나 삼나무는 더욱 심하다. 나무통에 물을 저장하면 그 해가 자심하니, 손으로 들 수 있는 병이 좋다. 물을 저장한 항아리의 입구는 죽순 껍질로 두껍게 막고 진흙으로 발라 봉했다가, 사용할 때 바로 돌려 연다. 샘물을 [얻기가] 쉽지 않으면 매우수로 대신한다.

✐ 주해

주1 **丙舍** 궁중에 있던 집을 뜻했으나, 여기선 성 안에 있는 거처를 말한다.

• 貴人姊妹置丙舍 _『後漢書』

• 當是宮中第三等舍, 令甲令乙令丙. 又墓堂亦稱丙舍

주2 **松杉** 소나무와 삼나무. 이 두 나무는 진액이 많기도 하지만, 그 냄새가 진해서 차의 향기에 해롭다.

주3 **厚箬泥固** 물을 저장하거나 옮길 때, 항아리 입구를 죽순 껍질로 두껍게 봉하고 가장자리엔 진흙으로 발라서 水氣도 보호하고, 물이 넘치지 못하게 했으며, 더러운 것이 들어가지 못하게 했다.

주4 **梅雨水** 매실이 누렇게 익어서 떨어지는 시기에 많이 내리는 비를 梅雨라 하고, 그 빗물을 '梅雨水'라 한다. 첫여름 중국 江淮地域에 오랫동안 비가 내려 매실이 누렇게 익기 때문에, 그 시기를 黃梅天이라 부른다.

- 此季節空氣長期潮濕 器物易霉 故稱霉雨. 五月有落梅風 江淮以爲信風 又 有霖霆 號爲梅雨 _『太平御覽』제970권
- 梅雨或作霉雨 言其沾衣及物 皆生黑霉也 _ 李時珍, 『本草綱目』
- 芒種(양력 6월초)後逢壬爲入梅, 小暑(7월초)後逢壬爲出梅 又以三月爲迎 梅雨 五月爲送梅雨 _『漢文大詞典』

해설

지금은 세상이 좋아서 물을 구하는 것도, 보관하는 것도 그렇게 어렵지 않다. 그러나 16세기에는 중국에서도 좋은 물을 구하기가 쉽지 않아서, 차인들에게 나름대로 좋은 물을 얻기 위한 여러 가지 노하우가 있었다. 허차서도 어렵게 좋은 물을 구하고서 그 다음 어떻게 보관해야 하는지에 관해 말한 부분이다. 차의 결벽성 때문에 냄새나 향을 가진 용기에 보관해서는 안 되고, 곧 사용할 것이 아니라면 입구를 봉해서 물이 공기와 많이 접촉되는 것을 피

하라고 했다.

아마 물의 기(氣)와 신선도를 유지하기 위함이었으리라 생각된다.

13

舀水 요수

舀水必用瓷甌 輕輕出甕 緩傾銚中
요수필용자구 경경출옹 완경조중 ^{주1}

勿令淋漓甕內 致敗水味 切須記之
물령임리옹내 치패수미 절수기지 ^{주2}

🍃 번역

물 떠내기

물을 풀 때는 반드시 자기 사발을 사용하여, 가볍고 가뿐하게 항
아리에서 떠내어 천천히 솥에 붓는다. 세차게 떠내서 물방울이 뚝
뚝 항아리 안에 떨어지게 하면 물맛을 버리게 되니, 이것은 반드
시 유념해야 한다.

🍃 주해

주1 **舀水** '舀'는 '臼'[절구]에서 '떠내다'의 뜻이므로 '물 떠내기'로
해석한다.

주2 **淋漓** '淋'과 '漓'가 물이 떨어져 젖은 것을 뜻하는데, '淋漓'는 기

운이 세찬 모양을 말한다.

해설

육우가 물을 논할 때, 기세가 급하게 흐르는 물은 찻물로 적합하지 않다고 했는데, 여기서도 좋은 물을 고요히 살살 다루어야 그 물의 좋은 기운을 유지할 수 있기 때문에 이른 말이다.

煮水器 자수기

金乃水母 錫備柔剛 味不鹹澁 作銚最良
금내수모 석비유강 미불함삽 작조최량

銚中必穿其心 令透火氣
조중필천기심 영투화기

沸速則鮮嫩風逸 沸遲則老熟昏鈍 兼有湯氣
비속즉선눈풍일 비지즉노숙혼돈 겸유탕기

愼之愼之 茶滋于水 水藉乎器 湯成于火
신지신지 다자우수 수자호기 탕성우화

四者相須 缺一則廢
사자상수 결일즉폐

번역

물 끓이는 그릇

쇠붙이는 물의 어미이므로, 주석은 부드러움과 강함을 갖추었고, 맛은 짜지도 떫지도 않아서, 솥을 만들기에 가장 좋다. 솥은 반드시 그 중심[배꼽]을 깊게 하여 불기운이 통하게 해야 한다. [탕을]

빨리 끓이면 신선한 미풍이 일고, 늦게 끓이면 늦익어 노수(老水)가 되어 맑지 못하고 또 물 냄새가 난다. [그러니] 삼가고 삼가야 한다. 차는 물에 우러나서 그릇에 담기며, 탕은 불로 이루어진다. [그러니 차, 물, 그릇, 불] 네 가지는 서로를 필요로 하기 때문에, 하나만 빠져도 다 버리게 된다.

🌿주해

주1 **金乃水母** '五行相生說'에서 '金生水'라는 것을 가리킨다. 옛날에는 만물을 이루는 다섯 가지 元氣를 五行이라 하고, 그들의 상생과 상극을 중시했다.
- 五行相剋 : 土剋水, 水剋火, 火剋金, 金剋木, 木剋土.
- 五行相生 : 木生火, 火生土, 土生金, 金生水, 水生木.

주2 **味不鹹澁** 차에 가장 해로운 것이 짜고 떫은 것이니, 주석은 그런 해로운 요소가 없어서 찻물을 끓이는 용기를 만들기에 좋다.

주3 **銚中必穿其心 令透火氣** 이는 솥의 배꼽을 깊게 해야 화력을 잘 받을 수 있음을 말한 것이다.
- [鍑] : 長其臍 以守中也. 受熱面 擴大 臍長則沸中 沸中則末易揚 末易揚則其味淳也 _『茶經』〈五之煮〉
- 多言數窮 不如守中 _『老子』五章

주4 **嫩風** 微風
- 色濃輕雪點 香殘嫩風吹 _ 劉賓[唐]

주5 **湯氣** 일반적으로 탕이 가지는 기운으로 해석할 수 있으나, 여기선 문맥으로 보아 탕이 순숙에 이르지 못하여 나는 냄새라고 본다.

물을 끓이는 그릇으로 어떤 것을 사용하느냐에 따라 성패가 달라진다. 차에 나쁘지 않고, 빨리 끓일 수 있는 주석이 들어간 재료로 배꼽을 깊게 만든 솥을 권하고 있다. 열이 잘 전달되어 빨리 끓일 수 있게 한 것이다. 그러니 좋은 차를 마시려면 차와 물, 그릇과 불이 얼마나 중요한지를 강조하여, 이 중에 하나만이라도 잘못되면 모두를 버리게 된다고 강조했다.

15

火候 화후

火必以堅木炭爲上
화필이견목탄위상 [주1]

然木性未盡 尚有餘煙 煙氣入湯 湯必無用
연목성미진 상유여연 연기입탕 탕필무용

故先燒令紅 去其煙焰 兼取性力猛熾 水乃易沸
고선소령홍 거기연염 겸취성력맹치 수내이비 [주2]

旣紅之後 乃授水器 仍急扇之 愈速愈妙 毋令停手
기홍지후 내수수기 잉급선지 유속유묘 무령정수

停過之湯 寧棄而再烹
정과지탕 영기이재팽 [주3]

🖋 교주

• **停過之湯** 『총서집성본』에는 '停過之後'로 기록되어 있다.

불 살피기

불은 반드시 단단한 나무로 만든 숯을 쓰는 것이 좋다. 그러나 나무의 성질이 다하지 않았으면[완전한 숯이 되기엔 좀 덜 탔으면], 아직 연기가 남게 되고, 그 연기가 탕에 들어가면 탕은 아주 쓸 수 없다. 따라서 먼저 붉게 태워서 연기가 섞인 불꽃을 없애고, 이어서 맹렬한 성질의 불을 얻으면, 물은 쉽게 끓는다. 이미 빨간 불꽃이 오르면 물그릇을 그 위에 올리고, 곧 부채질을 급히 하되, 좀 더 빠르고 조화롭게 하여, 손을 멈추지 말아야 한다. 탕을 끓여 멈추고 시간이 지난 후에는, 차라리 버리고 다시 끓인다.

🍃 주해

주1 **堅木炭** 단단한 성질의 나무로 만든 숯이 더 단단하고 화력이 오래 지속되어 활화를 얻기에 알맞기 때문이다. 도토리나무가 대표적이다.

주2 **性力猛熾** 숯불이 맹렬하게 타는 것, 곧 활화의 단계에 이름을 말한다.

주3 **停過之湯 寧棄而再烹** 한 번 끓였던 탕은 식고난 후 다시 사용하지 않는다는 말이다. 계속해서 그 온도를 유지시키든지, 아니면 다시 새 물을 끓여서 사용해야 한다.

탕을 끓이는 숯은 단단하고 좋은 나무로 만든 숯이어야 하고, 혹
덜 타서 그을음이 나는 것은 먼저 불을 붙여 완전히 태운 다음
에 물을 끓여야 한다. 그리고 끓일 때는 빨리 끓여야 하고, 한 번
끓여서 사용했던 물은 남았더라도 버리고 새 물을 다시 끓여서
쓴다.

16

烹點 팽점

未曾汲水 先備茶具 必潔必燥 開口以待
미증급수 선비다구 필결필조 개구이대^{주1}

蓋或仰放 或置瓷盂 勿竟覆之
개혹앙방 혹치자우 물경복지^{주2}

案上 漆氣 食氣 皆能敗茶
안상 칠기 식기 개능패다

先握茶手中 俟湯旣入壺 隨手投茶湯
선악다수중 사탕기입호 수수투다탕^{주3}

以蓋覆定 三呼吸時 次滿傾盂內 重投壺內
이개복정 삼호흡시 차만경우내 중투호내^{주4}

用以動盪香韻 兼色不沈滯
용이동탕 향운 겸색불침체^{주5}

更三呼吸頃 以定其浮薄 然後瀉以供客
갱삼호흡경 이정기부박 연후사이공객

則乳嫩淸滑 馥郁鼻端
즉유눈청활 복욱비단

病可令起 疲可令爽 吟壇發其逸思 談席滌其玄衿

병가령기 피가령상 음단발기일사 담석척기현금 ^{주6}

번역

우려내기

아직 물을 길어 붓기 전에 먼저 다구를 준비하되, 반드시 깨끗하게 잘 말려서 입구를 열어놓고 기다린다. 뚜껑은 열어서 위로 향하게 놓거나, 혹은 자기로 된 발우에 놓아두되 엎어놓지 않는다. 상 위의 칠 냄새나 음식 냄새가 모두 차를 버리기 때문이다. 먼저 차를 손에 쥐고 탕을 차호에 붓기를 기다려, 곧 이어서 차를 호에 넣는다. 그리고 뚜껑을 덮는다. 세 번 숨 쉬는 정도 다음에 가득 기우렸다가, 다시 차호 안에 붓는다. 이렇게 탕을 흔들면 향기로운 운치와 아울러 색깔이 가라앉지 않는다[밝게 피어오른다].

다시 세 번 숨 쉬는 정도가 되면 가볍게 떠 있던 찻잎들이 가라앉게 된다. 그 다음에 잔에 따라 손님에게 올린다. 그러면 차가 젖같이 신선하고 맑아 매끄러우며 향기가 코끝에 가득히 스민다. [그래서] 병자도 일어나게 하고, 피로하다가도 상쾌해지며, 글을 읊을 때에도 문사가 표일하게 떠오르고, 얘기하는 자리에서도 흉금을 씻어낼 수 있다.

주1 **必潔必燥** 錢椿年의 『茶譜』에 點茶三要 중 첫째가 '滌器'이다. 다구는 반드시 깨끗하게 씻고, 바싹 건조시켜야 한다. 이는 위생적인 청결도 당연하지만, 잡냄새를 없애기 위해서도 꼭 필요하다.

주2 **勿竟覆之** 엎어 놓으면 상에 있는 칠이나 잡냄새가 차에 손상을 주기 때문에 반드시 입구가 위로 향하게 놓아야 한다.

주3 **先握茶手中** 가루차 시대에는 茶匙로 떠 넣었지만, 산차 시대에는 손을 깨끗이 씻고 손으로 집어넣기도 했다.

주4 **重投壺內** 발우에 따랐던 탕을 다시 다호에 붓는다.

주5 **用以動盪** 다탕이 담긴 그릇을 흔들어서 향과 색을 좋게 하려고 했다.

주6 **玄衿** '玄'이란 무늬가 없다는 뜻이니, '玄衣'는 임금이 작은 제례 때에 입었던 붉은 색의 무늬가 없는 예복이었다. 따라서 玄衿도 문장을 논하는 자리에 사람들이 입었던 옷에서 나아가 곧 그들의 흉금의 뜻으로 생각한다.

🍃 해설

차를 우려낼 때 그릇들을 정결하게 하는 것은 일반적이지만, 탕에 차를 넣고 숙우에 부었다가 다시 다호에 붓는 등 그릇을 약간 흔드는 정도를 넘는다. 그렇게 하여 색향이 한층 좋아진다니, 한 번쯤 시험해 봄직하다.

秤量 칭량
^{주1}

茶注宜小 不宜甚大
^{주2}
다주의소 불의심대

小則香氣氤氳 大則易於散漫
^{주3}
소즉향기인온 대즉이어산만

大約及半升 是爲適可
대약급반승 시위적가

獨自斟酌 愈小愈佳
^{주4}
독자짐작 유소유가

容水半升者 量茶五分 其餘以是增減
용수반승자 양다오분 기여이시증감

✿번역

분량 재기

다관은 작은 것이 좋고, 너무 큰 것은 어울리지 않는다. 작으면 차
향기가 퍼져 가득 차고, 크면 향이 흩어져 사라지기 쉽다. 대충 반
되 가량의 크기가 적당하겠다. 혼자 잔을 기울이려면, 잔이 작을

수록 좋다. 반 되 가량 들어가는 것은 차 다섯 푼 정도가 맞지만, 그 밖의 것[기호나, 날씨, 차종 등]은 이 기준에서 증감하면 된다.

🌿 주해

주1 **秤量** 量을 저울질하다, 곧 양을 재다.

주2 **茶注** 고대부터 시대에 따라 '湯餅'의 뜻으로 쓰이기도 했으나, 여기서는 '茶罐'의 개념으로 사용되었다.

주3 **氤氳** 원래는 '氤氤氳氳'으로 잘 쓰였으나, 일반적으로 氤氳으로 쓴다.

① 음양의 두 기운이 交會和合하는 모양. 天地氤氳 萬物化淳 _『白虎通』

② 가득 찬 모양

③ 濃烈한 기운. 氤氳非一香 參差多異色 _ 沈約[南朝梁], 〈芳樹〉

주4 **斟酌** 斟은 瓢나 酌을 뜻하고, '잔을 기울이다'의 뜻도 있다.

① 술잔이나 찻잔을 기울이다. 手自斟酌 百官莫不醉飽 _『後漢書』

② 思量, 思忖. 斟酌姮娥寡 天寒奈九秋 _ 杜甫, 〈月〉

③ 品評欣賞. 今夜淒然對影 與誰斟酌姮娥 _ 向子諲[宋]

④ 按配

🌿 해설

사실 차를 우릴 때 물과 차의 비례를 어떻게 정하느냐도 매우 중요한 사항이다. 여기에는 차의 종류, 각자 기호의 차이, 시간과 장소 등에 따라 그 경우에 가장 알맞게 정해야 한다. 관이 작으면 좋다는 것은 다루기가 편리할 뿐 아니라, 탕이 끓는 정도를 정확히 파악할 수 있기 때문이다.

湯候 탕후

水一入銚 便須急煮 ^{주1}
수일입조 편수급자

候有松聲 卽去蓋 以消息其老嫩 ^{주2}
후유송성 즉거개 이소식기로눈

蟹眼之後 水有微濤 是爲當時 ^{주3}
해안지후 수유미성 시위당시

大濤鼎沸 旋至無聲 是爲過時 ^{주4}
대도정비 선지무성 시위과시

過則湯老而香散 決不堪用
과즉탕로이향산 결불감용

🍃 번역

물 끓이기

물을 한 번 솥에 들이면, 곧바로 급히 끓여야 한다. 살피다가 솔바람 소리가 나면, 곧 뚜껑을 열고 물이 아직 미숙한지 쇠했는지를 가늠한다. 게 눈 같은 물방울이 생긴 다음, 탕수에 작은 물결이 일면, 그 때가 가장 적당한 때이다. 큰 물결을 일으키며 솥에서 끓다가 소리가 없어지면, 그 때는 지나친 물[쇠해진 물]이다. 지나치면 탕이 쇠해져서 향기가 흩어지므로 결코 쓸 수 없는 물이다.

🌿 **주해**

주1 **便須急煮** 찻물을 빨리 끓이지 않으면, 水氣가 사라져 못쓴다. 〈참고〉 2항 참조.

주2 **松聲** 차탕이 끓는 소리, 곧 松風聲을 줄인 말. 松籟. 〈참고〉 1, 5, 6, 7, 8항 참조.

주3 **蟹眼之後** 차탕이 처음 끓을 때, 탕관의 가장자리에 생기는 기포의 크기에 따라 蝦眼 蟹眼 魚眼 등으로 나누어 말한 것이다. 〈참고〉 1, 3, 4, 5, 6, 8항 참조.

주4 **旋至無聲** 물이 다 끓으면 가운데에 약간의 물이 솟을 뿐 아무 소리도 없고, 거품도 없어지게 된다. 〈참고〉 6, 8항 참조.

〈참고〉

1. 其沸如魚目 微有聲爲一沸 緣邊如湧泉連珠 爲二沸 騰波鼓浪爲三沸 _ 『茶經』〈五之煮〉

2. 李約曰 茶須緩火炙 活火煎 活火謂炭火之有焰者. 當使湯無妄沸 庶可養茶. 始則魚目散布 微微有聲, 中則四邊泉湧 累累連珠, 終則騰波鼓浪 水氣全消此謂老湯. 三沸之法 非活火不能成也 _ 溫庭筠, 『採茶錄』〈辨〉; 錢椿年, 『茶譜』

3. 凡用湯以魚目蟹眼 連繹迸躍爲度 _ 『大觀茶論』〈水〉

4. 風爐小鼎不須催 魚眼長隨蟹眼來 _ 黃庭堅, 〈茶碾烹煎〉

5. 蟹眼已過魚眼生 颼颼欲作松風鳴 _ 蘇軾

6. 湯有三大辨十五小辨 一曰形辨 二曰聲辨 三曰氣辨 形爲內辨 聲
   爲外辨 氣爲捷辨. 如蝦眼 蟹眼 魚眼 連珠 皆爲萌湯. 直至湧沸 如
   騰波鼓浪 水氣全消 方是純熟. 如初聲 轉聲 振聲 驟聲 皆爲萌湯
   直至無聲 方是純熟. 如氣浮一縷 二縷 三四縷 及縷亂不分 氤氳亂
   繞 皆爲萌湯 直至氣直沖貫 方是純熟 _ 張源, 『茶錄』〈湯辨〉

7. 松風檜雨到來初 急引銅瓶離竹爐 _ 羅大經,〈煎茶〉

8. 湯之候 初曰蝦眼 次曰蟹眼 次曰魚眼. 若松風鳴 漸至無聲
   _ 陳鑑[淸],『虎丘茶經註補』

9. 黃魯直〈茶賦〉云, 洶洶乎如澗松之發淸吹 浩浩乎如春空之行白雲
   可謂得煎茶三昧 _ 劉源長[淸],『茶史』〈湯候〉

🍵 해설

차탕을 끓일 때 주의해야 할 점들을 말했다. 성변(聲辨)에 의한
것, 형변(形辨)에 의한 것들을 자세히 설명하고, 노탕(老湯)이 되
지 않도록 한층 더 주의하라고 강조했다.

甌注 구주

茶甌 古取建窯兎毛花者 亦鬪碾茶用之宜耳
다구 고취건요토모화자 역투연다용지의이

其在今日 純白爲佳 兼貴於小
기재금일 순백위가 겸귀어소

定窯最貴 不易得矣
정요최귀 불이득의

宣 成 嘉靖 俱有名窯 近日倣造 間亦可用
선 성 가정 구유명요 근일방조 간역가용

次用眞正回靑 必揀圓整 勿用呰窳
차용진정회청 필간원정 물용자유

茶注以不受他氣者爲良 故首銀次錫
다주이불수타기자위량 고수은차석

上品眞錫 力大不減 愼勿雜以黑鉛
상품진석 역대불감 신물잡이흑연

雖可淸水 却能奪味
수가청수 각능탈미

其次內外有油瓷壺亦可

기차내외유유자호역가

必如柴汝宣成之類 然後爲佳

필여채여선성지류 연후위가 ^{주13}

然滾水驟澆 舊瓷易裂 可惜也

연곤수취요 구자이렬 가석야

近日饒州所造 極不堪用

근일요주소조 극불감용 ^{주14}

往時龔春茶壺 近日時大彬所製 大爲時人寶惜

왕시공춘다호 근일시대빈소제 대위시인보석

蓋皆以粗砂製之 正取砂無土氣耳

개개이조사제지 정취사무토기이

隨手造作 頗極精工

수수조작 파극정공

顧燒時 必須火力極足 方可出窯

고소시 필수화력극족 방가출요

然火候少過 壺又多碎壞者 以是益加貴重

연화후소과 호우다쇄괴자 이시익가귀중

火力不到者 如以生砂注水 土氣滿鼻 不中用也

화력부도자 여이생사주수 토기만비 부중용야

較之錫器 尚減三分

교지석기 상감삼분

砂性微滲 又不用油

사성미삼 우불용유

香不竄發 易冷易餿 僅堪供玩耳

향불찬발 이냉이수 근감공완이

其餘細砂 及造自他匠手者

기여세사 급조자타장수자

質惡製劣 尤有土氣 絶能敗味 勿用勿用

질악제렬 우유토기 절능패미 물용물용

교주

- **建窯兎毛花者** 『고금설부본』에는 '建窯'가 '定窯'로 나와 있다. 福建 建安에서 만든 兎毫盞을 말한다.
- **定窯最貴** 『고금설부본』에는 '窯定最貴'라고 되어 있다.
- **宣 成 嘉靖** 『총서집성본』에는 '成'이 '城'으로 나와 있다.
- **愼勿雜以黑鉛** '愼'이 『고금설부본』에는 '成'으로 나와 있다.
- **其次內外** 『고금설부본』에는 '內' 자가 '戶'로 나와 있다.
- **冀春** 혹 '供春'이라고 했다.
- **時大彬** 혹 '時彬'이라 된 곳도 있다.

찻잔과 관

다구라면 옛날에는 건주요에서 생산되는 토호잔(兎毫盞)을 취했
는데, 그것도 맷돌에 갈아서 차 겨루기 할 때 알맞았을 뿐이었다.
그러던 것이 오늘날에는 순백색이 좋고, 아울러 작은 것을 귀히
여긴다. [그래서] 정주요에서 생산되는 것이 제일 좋지만 얻기가
쉽지 않다. 선덕, 성화, 가정 연간에는 이름난 가마였고, 근래에는
본떠서 만든 작품이 나와 간혹 쓰이기도 한다. 다음으로 쓸 만한
것은 올바르게 제대로의 회청으로 된 것이니, 반드시 둥글고 가지
런한 것을 골라야 한다. 이지러지고 못생긴 것은 쓰지 않는다.

다관은 다른 기운[냄새]을 쏘이지 않는 것이 좋으니, 은이 제일이
고 주석이 다음이다. 상품(上品)의 좋은 주석은 효력이 커서 등급
이 낮지 않으나, 흑연이 섞이지 않도록 삼가야 한다. [흑연이 섞이
면] 비록 물은 맑게 할 수 있어도, 도리어 맛[차 맛]을 빼앗을 수
있다. 그 다음으로는 안팎으로 유약을 바른 자기병을 쓸 수 있다.
[하지만] 반드시 채요 여요 선덕요 성화요 같은 곳에서 만든 것이
라야 좋은 것으로 친다. 그러나 끓는 물을 갑자기 부으면, 오래된
자기들은 갈라지기 쉬우니 안타까운 일이다. 근자에 요주에서 만
든 것은 더욱 사용하는데 견디기 어렵다.

지난날 공춘이 만든 다호나, 근자에 시대빈이 만든 것들은 당시
사람들이 크게 보배로이 아꼈다. 대체로 모두 거친 모래로 만들었
지만, 모래를 바르게 사용해서 흙냄새가 나지 않기 때문이다. 솜
씨대로 만들었지만 지극히 정교하니, 불을 땔 때도 잘 살펴서 반
드시 화력이 충족했을 때 이르러서 바야흐로 가마에서 꺼냈다. 그

러나 불기운이 조금만 지나쳐도 호(壺)가 부서지고 깨지는 것이
많으니, 이로 인해서 더욱 귀중하다. 불기운이 정도(程度)에 이르
지 못한 것은 생 모래에 물을 붓는 것과 같아서, 흙냄새가 코에 가
득하여 사용하기에 알맞지 않다. 이것[공춘과 시대빈의 작품들]을
주석으로 된 것과 비교하면, 오히려 삼할 쯤 못하다. 모래의 성질
이 조금씩 스며나고 또 유약을 바르지 않아서, 향이 스며들고 피
어나지 않아, 식기 쉽고 변하기 쉬워, 겨우 완상물[감상물]로 제
공되기에 알맞을 뿐이다. 그 나머지 가는 모래로 만들었거나 다른
장인의 손으로 만든 것들에 이르면, 나쁜 재질로서 솜씨 없게 만
들어서, 흙냄새가 더욱 나고, 꼭 차 맛을 버리니, 결코 사용해서는
안 된다.

🍃 주해

주1 **茶甌** 찻사발로 번역되지만, 허차서가 말하는 것은 나눔잔으로 쓰
는 정도의 작은 것을 뜻한다. 하지만 여기선 전대에는 모두 甌로
마셨기 때문에 그대로 사용한 것이다.
- 일명 '啜香'이라고도 한다.
- 圓似月魂墮 輕如雲魄起 _ 皮日休,〈茶中雜詠〉

주2 **建窯兔毛花者** 건주요에서 만든 兎毫盞을 이르니, 곧 '建盞'이다.
- 其器坯厚色黑 釉里有絲絲 狀銀色結晶 在紺色涷光中閃耀如兎毫
狀 又似鷓鴣班 故宋人形象地命名兎毫盞 鷓鴣班 俗稱建盞. 因用
作鬪茶 故稱鬪盞. 龍鳳茶同充貢品, 其盞碗碎片 可見'進盞' '供御'
等字. 又有 建盞中 有天目盞 _『茶文化大辭典』

• 邇來頗喜飮茶 益治茶具 金花烏盞 翡色小甌 銀爐湯鼎 _ 徐兢,『高麗圖經』

주3 **鬪碾茶** 茗戰을 할 때 碾에 간 차
• 賽茶會 參賽者獻出 各自的精製茶葉 以輪流品賞的方式鑒別 評定其色香味 形的優次等級 決出勝負名次 唐末宋朝 茶葉生產興盛飮茶之風普及 品茶方式愈益講究 鬪茶之風隨之而起
_ 『茶文化大辭典』

주4 **純白爲佳** 가루차[말차]를 탕에 격불하여 마실 때는 잔의 색이 烏盞이나 靑瓷盞이 좋으나, 泡茶盞으로는 바탕이 희어야 탕색을 감상할 수 있다.

주5 **兼貴於小** 차를 우려 마실 때는 여러 번을 우리기 때문에, 적어도 서너 잔에서 십여 잔까지 마시게 되니 잔이 크면 맞지 않게 된다.

주6 **定窯** 송대 정주(河北省 正定)에 있던 窯址. 正和宣和 연간 [1110~1125]에 생산된 것이 제일 좋다.
• 定窯有光素 凸花二種 以白色爲正 有如淚痕者佳. 今람藏家 有南北定之分 南定爲南渡後所造 不如北定 _ 『辭源』
• 定窯生產的刻花瓷茶具 _ 宋僧 德洪의 詩 ; 定花瓷盂何足道 分嘗但欠纖纖捧 七杯淸風生兩腋 月協澄魂誰與共

주7 **宣 成 嘉靖** 宣德[명 선종, 1418~1435]과 成化[명 헌종, 1465~1487]와 嘉靖[명 세종, 1522~1566] 年間을 지칭한다.

주8 **回靑** 여러 의미가 있다.
• 回敎[回回敎]는 7세기경에 政敎一致를 주장한, 그리스도교와 유태교의 합성으로 생성된 종교로 알라(Allah)를 숭배한다. 수니정통파와 시이어분리파로 나누어져서 아라비아문화 곧 이슬람을

형성하고 있다.

- 코발트 顔料를 회교지방에서 수입했기 때문에 생긴 말. 상청은 硃砂斑點이 있는 것이고, 중청은 銀色點이 있는 것이다. 우리나라는 조선 세조 때, 구치후(丘致垕)가 회청을 바쳤다.

주9 **圓整** 그릇이 둥글고 바르게 잘생긴 것을 말한다. 〈주10〉 참조.

주10 **勿用齒窳** 비뚤거나 못생겨 구차스런 것은 사용하지 않는다.

- 『論語』에 보면 공자는 모든 부면에서 격식과 예절을 중시했다. 色惡不食 臭惡不食 失飪不食 不時不食. 割不正不食 不得其醬不食 … 席不正不坐 _『論語』〈鄕黨〉

주11 **茶注** 원래 차탕을 달이는 주전자의 개념으로 쓰였으나, 여기선 찻잎을 우리는 罐의 역할을 하는 다구를 말한다.

주12 **力大不減** 차 맛을 좋게 하는 힘이 커서, 그 등급을 감할 수가 없다.

주13 **柴 汝 宣 成** 柴窯 汝窯 宣德窯 成化窯

- 柴窯 : 오대 후주 세종대의 도기. 세종의 성이 '柴'였기에 붙은 이름이다. 『陶說』에 보면, "푸르기가 하늘 같고, 맑기가 거울 같고, 얇기가 종이 같고, 소리는 磬과 같다" 하였다.
- 汝窯 : 송대 여주[河南省]의 요를 말한다.
- 宣德窯 : 宣德(명 선종, 1418~1435) 연간의 요이다.
- 成化窯 : 成化(명 헌종, 1465~1487) 연간의 요이다.

주14 **饒州所造** 饒州窯에서 생산된 작품들

- 饒州는 江西省 浮梁縣이며, 이곳의 窯들이 宋代 眞宗의 年號를 따라 '景德鎭窯'로 바뀐다.

주15 **龔春宜典** 陶史의 초기[1506~1521] 인물로, 開山祖인 金沙寺

의 僧의 제자다. 吳仕의 家僮으로 절에 묵을 때마다 스님의 뒷전에서 배웠다. 그의 대표작으로 '六瓣圓囊壺'가 있다.

주16 **時大彬** 공춘의 사대제자 중 時鵬의 아들로, 호는 沙山이며, 宜興 陶史 중 筋紋形期[위쪽에 손자국을 남김]의 일인자다.

· 明代 周高起가 쓴 『陽羨茗壺系』에 보면, 陳眉公(繼儒)의 품평론에 이르기를 '時大彬에 이르러 비로소 작은 찻병과 잔들이 나왔다'고 했다.

· 金沙寺 老僧 - 龔春 - 時鵬 - 時大彬 - 李仲芳 ; 徐友泉,〈고대 청동기적 형상〉

〈참고〉

1. 第一期 : 龔春 - 時鵬 - 時大彬 - 李仲芳 ; 徐友泉. [明代]

  第二期 : 陳鳴遠 惠孟臣 ; 小壺를 만듦. 以小勝大. [淸初]. 과일 모양, 生氣나는 造型, 出神入化.

  第三期 : 陳鴻壽 - 書畵, 篆刻, 詩文, 繪畵, 刻壺上. [淸代 中期]. 楊彭年 - 曼生壺, 藝術化.

2. 品評基準

  ① 美的結構[比例와 調和]

  ② 精緻한 技巧[藝術性]

  ③ 使用的인 機能[容積, 重量, 便利性]. 或 泥[原料], 形[方非一式], 工[成形技法, 書畵], 款[金石篆刻], 功[造型的 形式美, 藝術的 面]

🌿 **해설**

찻잔과 다관에 관한 것으로, 차인들이 대단히 예민하게 주의를 기울이는 것이다. 잔은 송대에는 가루차를 위해서 흑요나 청자를 중시하여 애용되었지만, 명대에 들어서는 포다잔(泡茶盞)이기 때문에 크기도 작아지고 색도 흰 백자를 선호하게 되었다. 그리고 잔은 바르고 단정한 것을 사용해야 한다.

그리고 관은 다른 용도로 쓰지 않는 것이 좋고, 특히 상급의 주석으로 된 것이 여러 면에서 쓸 만하다. 혹 잘 만든 공춘이나 시대빈의 작품도 좋다고는 하나, 그것들은 골동적 기호품으로는 좋지만 기능면에서는 상급의 주석 제품을 따를 수 없다. 보온, 발향, 견고성 등에서 따르지 못한다.

그러니 차탕과 직접 닿고, 우리 입에 닿는 것이기 때문에 색향기미(色香氣味)에 바로 영향을 주는 것이니, 그 취사선택(取捨選擇)에 특별히 유의해야 한다. 더구나 근자에 차를 좀 한다는 이들이 포다잔으로 바탕이 진한 유색잔(有色盞)을 사용하는 것을 보면 한심한 생각이 든다.

20

盪滌 탕척

湯銚 甌 注 最宜燥潔
탕조 구 주 최의조결

每日晨興 必以沸湯蕩滌 用極熟黃麻巾悅
매일신흥 필이비탕탕척 용극숙황마건세

向内拭乾 以竹編架 覆而度之燥處 烹時隨意取用
향내식건 이죽편가 복이기지조처 팽시수의취용

修事旣畢 湯銚拭去餘瀝 仍覆原處
수사기필 탕조식거여력 잉복원처

每注茶甫盡 隨以竹筯 盡去殘葉 以需次用
매주다보진 수이죽저 진거잔엽 이수차용

甌中殘瀋 必傾去之 以俟再斟
구중잔심 필경거지 이사재짐

如或存之 奪香敗味
여혹존지 탈향패미

人必一盃 毋勞傳遞 再巡之後 清水滌之爲佳
인필일배 무로전체 재순지후 청수척지위가

- 用極熟黃麻巾帨 '熟' 자가 『고금설부본』에는 '熱' 자로 나온다.
- 隨以竹筯 '筯' 자가 『총서집성본』에는 '箸' 자로 나온다.
- 毋勞傳遞 '毋' 자가 『고금설부본』에는 '每' 자로 나온다.

번역

씻어내기

탕을 끓이는 솥과 사발과 관은, 깨끗하게 잘 건조된 것이 좋다. 매일 새벽에 일어나서 반드시 끓인 물로 흔들어 씻고, 아주 부드러운 누런 삼베 수건을 사용하여 안을 닦고 말려, 대나무로 짠 시렁의 마른 곳에 엎어서 올려놓고, 차를 우릴 때 뜻대로 가져다 쓴다. 찻일을 다하고 끝나면, 물 끓임 솥의 찌꺼기를 씻어 없애고 제자리에 엎어 놓는다. 매양 관의 차를 다 따르면 비로소 대젓가락으로 남은 잎을 다 제거하여, 다음 사용에 쓰이도록 한다. 사발에 남은 찻물은 기울여 붓고, 두 번째 따르기를 기다린다. [사발에 찻물이] 남아 있으면 향기를 빼앗고 맛을 버린다. 반드시 사람마다 잔을 갖추어, 전하고 받는 데에 힘들이지 말고, 두 잔이 돈 다음에는 맑은 물로 씻는 것이 좋다.

주해

주1 **黃麻巾帨** 삼은 원래 약간 뻣뻣하여 거칠지만 길이 들면 아주 부드럽고 수분을 잘 흡수하기 때문에, 행주나 수건, 혹은 약을 짜

는 보로도 많이 쓰고 통풍이 잘 되어 예전에는 음식물을 싸서 이동하는 보자기로도 사용되었다.

주2 **隨以竹筋** 차에 관계되는 것이므로 다른 젓가락보다 대젓가락이 좋기 때문에 대젓가락으로 잎들을 집어내라고 한 것이다.

주3 **人必一盃 毋勞傳遞** 사람마다 각기 자기의 잔을 배정하면, 다음번의 차를 따를 때 잔을 씻어 다른 사람에게 옮겨야 하는 번거로움이 없어진다.

🍃 해설

〈점다삼요(點茶三要)〉에서도 '척기(滌器)'가 으뜸이듯이 찻일에 관계되는 일체는 청결을 으뜸으로 삼는다. 다건도 물기를 잘 먹는 황마로 하고, 가능한 한 대나무로 된 기구로 취급하여 다른 기운이 섞이지 않도록 해야 한다. 마시던 차의 찌꺼기는 완전히 제거하고 난 다음, 다른 차를 따르도록 해야 한다. 그래야 차의 순수한 맛과 향을 즐길 수 있기 때문이다. 그리고 잔은 사람마다 자기 잔을 배정 받아, 그 잔으로 계속 마시도록 해야 팽주가 다음 차를 준비하여 따르기에 편하다.

21

飲啜 음철

一壺之茶 只堪再巡

일호지다 지감재순

初巡鮮美 再則甘醇 三巡意欲盡矣

초순선미 재즉감순 삼순의욕진의

余嘗與馮開之戲論茶候 以初巡爲婷婷嫋嫋十三餘
주1   주2

여상여풍개지희론다후 이초순위정정요요십삼여

再巡爲碧玉破瓜年 三巡以來 綠葉成陰矣
주3   주4

재순위벽옥파과년 삼순이래 녹엽성음의

開之大以爲然

개지대이위연

所以茶注欲小 小則再巡已終 寧使餘芬剩馥

소이다주욕소 소즉재순이종 영사여분잉복

尙留葉中 猶堪飯後供啜漱之用 未遂棄之可也

상류엽중 유감반후공철수지용 미수기지가야

若巨器屢巡 滿中瀉飲 待停少溫 或求濃苦

약거기루순 만중사음 대정소온 혹구농고

何異農匠作勞 但需涓滴 何論品賞 何知風味乎

하이농장작로 단수연적 하론품상 하지풍미호

🍃 번역

마시기

[일반적으로] 한 호(壺)의 차는 두 순배가 알맞다[두 번 우려 마시는 것이 알맞다].

첫 순배는 신선하여 아름답고, 두 순배의 것은 달고 순하나, 세 순배는 마시고 싶지 않다. 내가 일찍이 풍개지와 더불어 차의 상태를 농조(弄調)로 말하기를, 첫 순배의 차는 아주 부드러우면서 아름다운 13세 여인의 몸과 같고, 두 순배의 차는 16세의 고운 여인과 같고, 세 순배의 차는 아름다운 시기가 이미 지난 여인과 같다 하였다. [그랬더니] 개지가 전적으로 동의하였다.

다관을 작게 하려는 까닭은 작으면 두 순배로 끝내고, 차라리 아직 남은 향기는 오히려 잎 속에 머물게 했다가, 식사 후에 입가심용으로 쓰이도록 버리지 않는 것이 좋다. 만약 큰 그릇으로 여러 번 돌리거나, 가득 담아서 쏟아 붓듯이 마시거나, 오래 기다려 식히거나, 몹시 쓴 것을 마신다면, 농부나 장인들이 피곤할 때 목마름을 물로 축이는 것과 무엇이 다르겠는가? [목이 말라 물을 마시는 것과 같다면] 어찌 차의 품질을 감상하며, 풍미를 알 수 있겠는가.

📖주해

주1 **馮開之** 1546~1605. 明代의 文人으로, 이름은 夢楨이고, 字는 開
之며 秀水(浙江 嘉興) 사람이다. 萬曆 5年에 會試에 장원하여 南京
國子監祭酒가 되어 屠隆 등과 교유하였다. 차를 좋아하여『快雪堂
集』『快雪堂漫錄』등에 茶論을 썼고, 〈炒茶幷藏茶法〉같은 글은 중
요한 기록이다.

주2 **婷婷嫋嫋十三餘**

• 杜牧(803~852, 唐)의 〈贈別〉에 나오는 구절. 多情卻似總無情 唯
覺樽前笑不成 … 婷婷嫋嫋十三餘

• 판본에 따라 '婷婷' 혹은 '停停'으로 되어 있어 혼란을 준다. 아
마 많은 판본에는 '停停'으로 되어 있고, 혹 그 의미를 중시한 사
람들이 '婷婷'으로 바로잡은 것 같다. 왜냐하면 '停停'은 '자라
는 것이 멈추어서 약하고 힘이 없는 모양' 혹은 '우뚝 솟은 모양'
이라는 의미여서 글의 내용과 맞지 않는다. 그래서 나도 '婷婷'
쪽으로 했다.

• 婷婷 : 아리땁고 예쁜 모양. 冉冉梢頭綠 婷婷花下人
_ 陳師道, 〈黃梅〉

• 嫋嫋 : ① 하늘거리다, 살랑거리다, 간들거리다. 嫋嫋秋風兮
_ 〈楚辭〉;

② 향기가 발산하는 모양. 松風吹崗露 翠濕香嫋嫋 _ 蘇軾의 시

• 婷婷嫋嫋 : 여자의 몸이 아주 부드러우면서 아름다운 모습을 형
용한 말. 一美人隨後 年約十七八 紅裙翠袖 婷婷嫋嫋 _『紅樓夢』

주3 **碧玉破瓜年**

• 碧玉破瓜時 郎爲情顚倒 _ 孫綽

- 碧玉 : ① 푸른색의 옥 ② 고운 나이의 산뜻하고 아름다운 婢妾
  이나 小家女 ③ 南朝宋 汝南王의 妾. 碧玉小家女 來嫁汝南王 _
  梁元帝, 採蓮賦. ④ 唐 喬知之의 妾. 一名 窈娘. 周補闕喬知之 有
  婢碧玉 姝豔能歌舞 有文華. 知之時幸 爲之不婚. 僞魏王武承嗣 暫
  借敎姬人梳粧納之 更不放還知之. 知之乃作"綠珠怨"以寄之 … 碧
  玉讀詩 泣淚不食二日 投井而死 _『漢語大辭典』
- 破瓜年 : 16세. 瓜 자를 破字하면 八이 둘이므로 16이다. ① 瓜
  時, 瓜期는 任期가 차서 교체되는 시기이다. 齊 襄公이 管父를
  보내며 내년 오이가 익을 때 돌아오라고 한 일 ② 초경이 있을
  즈음의 십오륙 세의 여자 나이

주4 **綠葉成陰** 푸른 잎이 그늘을 이루었다. 곱고 아름다운 시기가
지난 것을 이른다.
- 杜牧이 湖州에 있을 때, 열 살을 갓 넘긴 아름다운 소녀에게 혹
  하여, 떠나면서 지금은 너무 어리니 10년 후에 반드시 와서 혼인
  하겠다고 했는데, 공무로 14년이 지나고 호주에 갔더니, 그 소녀
  는 약속 기일까지 오지 않아서 결혼하여 아이를 셋이나 두고 있
  었다는 이야기에서 나온 것이다. 自歎尋春到較遲 昔年曾見未開
  時 如今風擺花狼藉 綠葉成陰子滿枝 _〈歎花〉

〈참고〉
1. 蠲憂忿 飮之以酒, 蕩昏寐 飮之以茶 _『茶經』〈六之飮〉
2. 乳華淨饑骨 疏淪滌心願
3. 茶入口先灌漱 須徐啜 俟甘津潮舌 則得眞味. 雜他果則香味俱奪
   _ 陸樹聲[明],『茶寮記』〈嘗茶〉
4. 凉臺靜室 明窓曲几 僧寮道院 松風竹月 晏坐行吟 淸潭把卷

_ 陸樹聲[明], 『茶寮記』〈茶候〉

5. 飮法是靜心品味 非爲止渴

6. 協交中和 分醲布飮 醲不當早 啜不宜遲 醲早元神未[逞] 啜遲妙
   馥先消 _ 程用賓[明], 『茶錄』〈醲啜〉

🍃 해설

차를 우려 마실 때, 각 잔마다의 색향미가 다른 특징이 있다. 그것
을 비유하여 중국인들이 흔히 차의 풍미를 소녀의 아름다움에 견
주는 것을 소개했다. 차란 시간이나 마음의 여유를 가지고 색향기
미를 음미하는 것이지, 목이 마를 때 물 마시듯이 한꺼번에 꿀꺽
꿀꺽 마시는 것이 아니라는 말이다.

㉒

論客 논객

賓朋雜沓 止堪交錯觥籌 乍會泛交 僅須常品酬酢
빈붕잡답 지감교착굉주 사회범교 근수상품수작 ^{주1} ... ^{주2}

惟素心同調 彼此暢適 淸言雄辯 脫略形骸
유소심동조 피차창적 청언웅변 탈략형해 ^{주3} ... ^{주4}

始可呼童篝火 酌水點湯 量客多少 爲役之煩簡
시가호동구화 작수점탕 양객다소 위역지번간

三人以下 止爇一爐 如五六人
삼인이하 지설일로 여오륙인

便當兩鼎爐 用一童 湯方調適
편당량정로 용일동 탕방조적

若還兼作 恐有參差 客若衆多 姑且罷火
약환겸작 공유참치 객약중다 고차파화 ^{주5}

不妨中茶投果 出自內局
불방중다투과 출자내국

- **止堪交錯觥籌** '錯' 자가 『총서집성본』과 『고금설부본』에는 '鍾' 자로 나온다.
- **僅須常品酬酢** 『고금설부본』에는 '酬' 자가 없다.
- **始可呼童篝火 酌水點湯** 『총서집성본』에는 '酌' 자가 '汲' 자로 나오고, 『고금설부본』에는 '始可呼童篝火 酌水點湯'이 '始可乎 重篝火水點湯' 으로 되어 있다.
- **用一童** 『총서집성본』과 『고금설부본』에는 '用' 자가 없다.
- **客若衆多** 『총서집성본』과 『고금설부본』에는 '客多'로 되어 있다.

🌿 번역

손님

손님들이 많아서 붐비게 되면 다만 은성한 잔치판에 그칠 뿐이다. 일반적으로 평범하게 사귀는 사람들과 만나면, 겨우 일상적인 등급의 찻잔을 주고받을 뿐이다. 오직 평상심[본래심]으로 동조하고, 서로 막힘없이 통하여 즐겁고, 청담을 거침없이 말하며, 겉치레를 벗어날 수 있다면, 비로소 아이를 불러 불을 지피고, 물을 길어 차를 끓인다. 손님의 많고 적음에 따라 번다하거나 간략하게 하도록 한다. 세 사람 이하면 한 풍로의 불에 그치고, 대여섯 사람일 것 같으면 솥과 풍로가 마땅히 둘이어야 하고, 다동 한 사람을 써서 물을 끓이고 조절하게 한다. 만약 둘이서 하면 서로 차질[어긋남]이 있을까 두렵다. 만약 객이 많으면 우선 불을 물리게 하고, 안 부엌에서 차를 넣어 끓인 물을 내어 와도 무방하다.

주1 **交錯觥籌** 활쏘기를 해서 진 편에서 마시는 잔을 세는 산가지가
　　　오가는 것. 곧 잔치가 왁자지껄하게 은성한 모습. 세속적인 잔치의
　　　모습이다.

주2 **常品酬酢** 일상 잘 마시는 평범한 등급의 찻잔을 주고받는 것.
　　　고상한 아취나 깊은 경지의 찻자리가 아니기 때문에 대충 넘긴다
　　　는 것이다.

주3 **素心同調** 태어날 때의 순수한 마음으로 함께 조화로움에 이르
　　　는 것을 의미한다.

　　• 翰卿墨客 緇流羽士 逸老散人 或軒冕之徒 超軼世味
　　　 _ 陸樹聲[明], 『茶寮記』〈茶侶〉

　　• 白石淸泉 烹煮如法 不時廢而或興 能熟習而深味. 神融心醉 覺與
　　　醍醐 甘露抗衡. 斯善賞鑒者矣. 使佳茗而飮非其人 猶汲乳泉以灌
　　　蒿萊 罪莫大焉. 有其人而未識其趣 一吸而盡 不暇辨味 俗莫甚焉
　　　 _ 屠隆[明], 『茶說』〈人品〉

　　• 花晨月夕 賢主嘉賓 縱談古今 品茶次第 天壤間更有何樂
　　　 _ 王復禮, 〈茶說〉

주4 **形骸** 몸이 생긴 겉모습. 현실적인 데에 얽매인 모습이다.

주5 **參差** 가지런하지 못한 모양

　　• 參差不齊 _ 『詩經』〈關雎〉

해설

자고로 찻자리에 누구와 함께하느냐의 문제는, 모든 차인들이 마

음속으로 바라는 바가 공통되지만, 여의치 않은 것이 거의 전부다. '수여좌(誰與坐)', 이것이 바로 그 찻자리의 품격이기 때문이다. 겉치레로 지위, 학식, 권세, 유명인사들을 취할 바가 아니라, 순수한 마음으로 세속에 물들지 않았으면서, 삶과 인간과 자연을 바라볼 수 있어야 한다. 이 부분이야말로 차인에게 주어진 가장 큰 명제요 명예로운 특권이다.

23

茶所 _{다소}

小齋之外 別置茶寮 高燥明爽 勿令閉塞
소재지외 별치다료 고조명상 물령폐색

壁邊列置兩爐 爐以小雪洞覆之
벽변렬치양로 노이소설동복지

止開一面 用省灰塵騰散
지개일면 용생회진등산

寮前置一几 以頓茶注茶盂 爲臨時供具
요전치일궤 이돈다주다우 위임시공구

別置一几 以頓他器
별치일궤 이돈타기

旁列一架 巾悅懸之 見用之時 卽置房中
방렬일가 건세현지 견용지시 즉치방중

斟酌之後 旋加以蓋 毋受塵汚 使損水力
짐작지후 선가이개 무수진오 사손수력

炭宜遠置 勿令近爐 尤宜多辦宿乾易熾
탄의원치 물령근로 우의다판숙건이치

爐少去壁 灰宜頻掃 總之以愼火防爇 此爲最急

노소거벽 회의빈소 총지이신화방열 차위최급

주5

🍃 교주

• **壁邊列置兩爐** 『고금설부본』에는 '兩' 자가 '鼎'으로 되어 있다.

🍃 번역

[집 안에서] 차에 관한 제사(諸事)를 시행하는 곳

작은 집 밖에 별도로 다료(茶寮)를 둔다. 높고 건조하며 밝고 상쾌하여 막힘이 없어야 한다. 벽 옆에 풍로 둘을 두되, 작은 대바구니로 풍로를 덮어 놓는다. [이때] 한 면만은 열어두어, 재와 티끌이 흩어지는 것을 살피도록 해야 한다. 다료의 앞에는 궤 하나를 두고, 차 주전자와 차 발우를 정돈해 두어서, 차를 달일 때 기구를 제공하게 한다. 또 하나의 궤를 두어서, 거기에는 다른 그릇들을 정돈하여 둔다. 시렁 옆에 줄 하나를 치고 다건(茶巾)을 거기에 걸어 놓는다. [이 궤는] 쓸 때가 되면, 곧 방 안으로 옮겨 둔다.

찻잔을 주고받은 후[다 마신 후]에는 곧 뚜껑을 도로 닫아서, 먼지가 앉아 더러워져서 물에 손상을 주는 일이 없도록 한다. 숯은 마땅히 멀리 두고, 화로 가까이 두지 않도록 한다. [숯을] 많이 갖추어 미려 말려 두면 불 피우기가 쉬워서 아주 좋다. 화로는 벽에서 조금 떨어지게 두고, 재는 자주 쓸어내는 것이 좋다. 총괄하면 불을 신중하게 다루어 화재를 막는 것이 가장 급한 일이다.

🍃주해

주1 **茶所** 찻일을 처리하는 곳
- 苑中有漕司行衙及茶堂 星輝館 又有倉儲 _ 河喬遠[明], 『閩書』〈方域志〉

주2 **茶寮** 위의 茶所와 같은 뜻으로 茶室, 茶館과 같은 개념이다. 이 말은 명대 屠隆의 『茶說』에 처음 나오는 용어다.
- 構一斗相傍書齋 內設茶具 敎一童子 專主茶設 以供長日淸談 寒宵兀坐 幽人首務不可少廢者 _ 屠隆, 『茶說』〈茶寮〉
- 寺中品茶小齋 ; 僧寺茗所曰茶寮. 寮小窓也 _ 楊愼[明], 『藝林伐山』
- 茶寮酒舫 _ 孔尙任[淸], 〈桃花扇〉
- 酒肆茶寮 宛如天然圖畵 _ 孔尙任[淸], 〈花月痕〉

주3 **雪洞** ① 被雪封住的山洞 ② 대로 만든 半球形의 바구니로, 화로 위에 놓고 빨래나 젖은 것을 말림. 우리말의 설통발 곧 통발을 만들어 급류에서 고기를 잡는 기구에서 온 말이다.

주4 **斟酌** ① 술을 따르다. 手自斟酌 百官莫不醉歡 _ 『後漢書』〈房術傳〉 ② 猶思忖[생각하다]. 斟酌姮娥寡 天寒奈九秋 _ 杜甫, 〈月〉 ③ 品評欣賞

주5 **爐少去壁** 청결이나 화재 예방 및 편리를 위한 거리를 말한다.

차를 끓이고 준비하는 곳을 따로 두어서, 그 곳에서 필요할 때 언제나 손쉽게 차를 준비할 수 있게 한 것이다. 편리함이나 청결은 물론 화재 예방까지를 고려하여 다구를 배치해야 한다고 했다.

24

洗茶 세다

芥茶摘自山麓 山多浮沙 隨雨輒下 卽着於葉中
개차적자산록 산다부사 수우첩하 즉착어엽중

烹時不洗去沙土 最能敗茶
팽시불세거사토 최능패다

必先盥手令潔 次用半沸水 扇揚稍和 洗之
필선관수령결 차용반비수 선양초화 세지

水不沸則水氣不盡 反能敗茶 毋得過勞 以損其力
수불비즉수기부진 반능패다 무득과로 이손기력

沙土旣去 急於手中擠令極乾 另以深口瓷盒貯之
料散待用 사토기거 급어수중제령극건 영이심구자합저지 두산대용

洗必躬親 非可攝代
세필궁친 비가섭대

凡湯之冷熱 茶之燥濕 緩急之節
범탕지냉열 다지조습 완급지절

頓置之宜 以意消息 他人未必解事
돈치지의 이의소식 타인미필해사

- **瓷合** 『총서집성본』에는 '瓷盒'으로 되어 있다.
- **攝代** 『총서집성본』에는 '懾代'로 되어 있다.

✍번역

차 씻기

나개차는 산기슭으로부터 따는데, 산에는 부사(浮沙, 黃砂)가 많아 문득문득 비를 따라 내려서, 곧 잎에 붙는다. 차를 우릴 때 모래나 흙을 씻지 않으면, 차를 아주 버리게 된다. 반드시 먼저 물로 손을 깨끗이 씻은 다음, 반쯤 끓인 물을 쓰는데, 부채로 부쳐 불을 돋우어 물을 좀 부드럽게 해서[미온수] 차를 씻는다.

물을 끓이지 않으면 물 냄새가 남아서 도리어 차에 해로울 수 있다. 하지만 지나치게 씻어서 차를 손상시켜서는 안 된다. 모래와 흙을 씻은 다음에는 급히 손으로 물기를 짜고 바싹 말려서, 별도의 입구가 좁은 자기합(瓷器盒)에 넣고, 떨고 흔들어서 흩어지게 하여 쓸 때를 대비한다. 씻을 때는 반드시 몸소 하고 [남을 시켜] 대신하게 하는 것은 옳지 않다.

무릇 탕의 차고 뜨거움과, 차의 마르고 젖음에 맞추어, [동작의] 느리고 빠름을 조절하는 것과, 물건을 두는 알맞은 장소 등을 자기 뜻대로 처리하려면, 다른 사람들은 미처 다 해결하지 못할 것이다[그래서 직접 해야 한다].

주1 **芥茶** 의흥과 장흥 사이에 있는 나개산에서 생산되는 차 이름

- 至明代, 羅芥茶名揚四方, 陽羨茶漸被其替代. 羅芥山位於義興與 長興之間. 明代以後也 有將陽羨與羅芥茶 視爲一物.
- 陽羨俗名羅芥 浙之長興者佳也 _ 屠隆[明], 『茶箋』
- 陽羨茶總名芥茶 唐時入貢 _ 金武祥[淸], 『粟香三筆』
- 芥茶, 茶名 有江南江西之分, 江南芥茶卽義興羅芥茶, 江西芥茶 出 贛州寧都 製法與羅芥茶不同. 芥茶通常指羅芥茶 _ 『中國茶文化大 辭典』
- 羅芥茶 茶名. 簡稱芥茶 明淸代名茶. 出於義興長興二縣之間的羅 芥山 _ 『中國茶文化大辭典』

주2 **浮沙** 黃砂를 지칭하며, 그 때에도 중국에는 황사가 많았다.

주3 **盥手** 洗手

- 得大臣章疏 必焚香盥手而讀之 _ 『資治通鑑』
- 常令淸淨 古人常以手潔表示敬重 _ 『漢和大詞典』

주4 **半沸水** 찬물은 물 냄새가 나고, 먼지나 모래가 잘 떨어지지도 않기 때문에 반쯤 끓여서 사용한다. 만약 너무 뜨겁게 하여 씻으면 찻잎이 너무 우러나서 차 맛이 손상을 입는다.

주5 **水氣** 물 냄새. 또 수기라면 물이 가진 기운을 뜻하기도 하는데, 이것도 차에서는 매우 중요한 항목이다.
① 五行 중의 水的인 精氣 ; 水氣勝 故其色尚黑 _ 『呂氏春秋』
② 醫學의 寒水之氣

주6 **科散** 科는 勻子 곧 酌의 의미인데, 科散은 국자 같은 것을 넣고 저어서 흩어지게 한다는 뜻이다.

- 枓, 斟水器也 _ 鄭玄,〈沃盥用枓〉
- 浴水用盆 沃水用枓 _『禮記』

주7 **頓置之宜** 둘 곳에 알맞게 물건을 두는 것
- 頓置曲折 無纖毫誤 _ 吳騫,『扶風傳信錄』

〈참고〉
- 煎茶四要：一擇火 二洗茶 三候湯 四擇品
- 點茶三要：一滌器 二熁盞 三擇果

해설

16세기의 장강 주변에도 벌써 황사가 많았던 모양이다. 절강 근처에서 생산되는 나개차도 반드시 우리기 전에 낮은 온도의 끓인 물에 씻어야 한다고 했다. 한편 생각하면 차를 만들 때 잎을 깨끗하게 씻고 난 후에 만들면 될 것 같은데, 무엇 때문에 다 만들어 두었다가 우리기 전에 씻는지는 밝히지 않았다. 그리고 찻일을 하기 전에는 반드시 손을 씻어서 정결하게 했고, 능숙한 사람이 직접 하여 차착이 없도록 하라고 했다.

25

童子 동자

煎茶燒香 總是淸事 不妨躬自執勞
전다소향 총시청사 불방궁자집노

然對客談諧 豈能親莅 宜敎兩童司之
연대객담해 기능친리 의교양동사지 주1 주2

器必晨滌 手令時盥 爪可淨剔 火宜常宿
기필신척 수령시관 조가정척 화의상숙 주3

量宜飮之時 爲擧火之候 又當先白主人 然後修事
양의음지시 위거화지후 우당선백주인 연후수사 주4

酌過數行 亦宜少輟 果餌間供 別進濃瀋 不妨中品充之
작과수행 역의소철 과이간공 별진농심 불방중품충지 주5 주6 주7

蓋食飮相須 不可偏廢 甘醲雜陳 又誰能鑑賞也
개식음상수 불가편폐 감농잡진 우수능감상야 주8

擧酒命觴 理宜停罷 或鼻中出火 耳後生風
거주명상 이의정파 혹비중출화 이후생풍 주9

亦宜以甘露澆之 各取大盂 撮點雨前細玉 正自不
俗 역의이감로요지 각취대우 촬점우전세옥 정자불속 주10

🍃 번역

차 달이는 동자

차를 끓이고 향을 피우는 일은 모두 청고한 일이니, 몸소 잡아서 애쓰는 것도 무방하다. 그러나 손님과 어울려 담소까지 하면서 어찌 능히 친히 임할 수 있겠는가. 마땅히 두 사람의 동자를 가르쳐 맡도록 하는 것이 좋다. 그릇은 반드시 새벽에 씻게 하고, 손은 그때그때 씻으며, 손톱은 깨끗하게 자르고, 불씨는 언제나 묻어 두고, 마실 때를 헤아려 불을 돋우고 살펴야 한다. 또 당연히 주인에게 먼저 고하고 찻일을 하도록 해야 한다.

몇 차례 차를 돌리고 나면, 또 잠깐 그치는 것이 좋다. 그 사이에 열매나 만든 과자[견과류 등의 다식]를 내고, 짙은 즙을 별도로 내는데, 중품 정도의 것이라도 무방하다. 대개 먹고 마시는 것은 서로 필요한 것이어서, 치우쳐 폐하는 것[한쪽만 내고 한 쪽은 내지 않는 것]은 옳지 않다. 진하고 달콤한 것[마음에 맞는 좋아하는 것]들만 늘어놓는다면, 또 누가 능히 감상하려 하겠는가? 술을 내어 잔을 들 때면, 찻일을 그치어 파하는 것이 이치에 맞고, 혹 코에서 단내가 나고 귀에서 바람소리가 들리면, 또한 감로 같은 좋은 차를 마시는 것이 마땅하다. 각자 큰 발우를 가지고, 우전의 가는 차를 집어넣고 우리면, 정말 제대로 되어 속되지 않다.

🍃 주해

주1 **談諧** 어울려 이야기하다. 서로의 분위기나 오가는 이야기를 재미있게 이끌어 가는 것을 말한다.

주2 **宜敎兩童司之** 원래 지체가 높고 서로 담소를 많이 나누어야 하는 자리라면, 언제나 다동을 두어야 하기 때문에, 그들 두어 사람을 잘 교육시켜 때에 따라 그들이 찻일을 맡도록 한다.

• 事親者烹藥熭茶. 水火之候. 不可不知 _ 李德懋, 『士小節』〈童規〉

주3 **火宜常宿** 지금처럼 불을 얻기가 쉽지 않았기에, 옛날에는 집집마다 불씨를 잘 갈무리했다가, 필요할 때 쉽게 사용할 수 있도록 한 것이다.

주4 **爲擧火之候** 언제쯤 불을 살려야 할지를 가늠하여 주의를 기울이도록 한다.

주5 **果餌** 열매나 만든 과자 종류의 다식을 말한다.

주6 **濃瀋** 짙은 즙
   ① 농차 계통의 것이라는 생각 ; 먼저 마신 차가 좀 부족한 듯하여 짙은 차를 낸다는 생각[『다경』에 근거].
   ② 앞에 다식으로 果餌를 내고 이어서 죽이나 과집을 내어서 속을 편안히 하는 것. 이는 차와 다담상을 연상한 생각이다.
   • 다음에 나오는 '中品'이란 말은 차에도 사용할 수 있고, 음식에도 쓸 수 있다.

주7 **不妨中品充之** 차도 음식도 모두 좋은 것이 아니라도 된다. 특히 차라고 생각하면 좋은 차와 그렇지 못한 것을 다 마셔 보아야, 제대로 그 품수를 평할 수 있다.

주8 **甘釀雜陳** 좋고 짙은 것만을 늘어놓는다면

주9 **鼻中出火** 우리는 감기를 '곳불'[鼻中火]이라고 한다.

주10 **撮點** 집어넣어서 점하다. 여기서 '점'은 가루차를 점하는 것이 아니고, '포촬'의 의미로 쓰인 것이다.

해설

여기서 그 내용을 보면 '작과수행(酌過數行)'에서부터 끝까지는 앞에 나온 '음철(飮啜)'에 넣어야 하지 않을까 생각된다. 물론 다동이 해야 할 일들을 설명하는 것이니까 여기서 말한 것이지만, 굳이 여기에 넣지 않아도 같은 맥락에서 다동들이 하게 되어 있다. 우리가 직접 차를 달이면서 손님들과 제대로 응대하려면, 자연 찻일에 조금은 소홀하게 된다. 일본차처럼 아무 말도 하지 않고 차를 마시면 다르겠지만, 우리의 찻자리는 연어(軟語)와 현지(玄旨)들이 오가는 곳이니, 신경을 모으지 않으면 한쪽은 소홀하게 마련이다. 그래서 다동이 필요했다.

26

飲時 음시

心手閒適 披咏疲倦

심수한적 피영피권

意緒棼亂 聽歌聞曲

의서분란 청가문곡

歌罷曲終 杜門避事

가파곡종 두문피사

鼓琴看畫 夜深共語

고금간화 야심공어

明窓淨几 洞房阿閣

명창정궤 동방아각

賓主款狎 佳客小姬

빈주관압 가객소희

訪友初歸 風日晴和

방우초귀 풍일청화

輕陰微雨 小橋畫舫

경음미우 소교화방

茂林修竹 課花責鳥

무림수죽 과화책조

荷亭避暑 小院焚香

하정피서 소원분향

酒闌人散 兒輩齋館

주란인산 아배재관

清幽寺觀 名泉怪石

청유사관 명천괴석

🍃교주

- **聽歌聞曲** 『총서집성본』에는 '聞'이 '拍'으로 되어 있고, 『고금설부본』에는 '聞'이 '品'으로 되어 있다.

🍃번역과 주해

차 마실 때

1. 心手閒適 마음과 몸이 한적한 때
   - 沖澹簡潔 韻高致靜 則非遑遽之時可得而好尙矣 _ 『大觀茶論』
   - 閑來松間坐 看煮松上雪 _ 『陸龜夢』
   - 閑居心自適 獨坐味尤長　한가로이 사니 마음 넉넉하고, 홀로 지내
     니 그 맛 더욱 길도다
     古柏連高閣 幽花覆短墙　오랜 잣나무 높은 누각 닿아 있고, 그윽한

꽃은 낮은 담을 덮었구나

甕甌茶乳白 榧机篆烟香　질사발 차 색깔은 젖같이 흰데, 비자나무 상 위엔 향연이 뜨네

雨歇山堂靜 臨軒快晩凉　비 개인 산당은 고요도 한데, 툇마루엔 저녁기운 상쾌도 해라

＿ 圓鑑冲止[고려], 〈閑中偶詩〉

• 飢來喫飯飯尤美 睡起啜茶茶更甘　배고플 때 먹는 밥 한결 맛있고, 잠깨어 마시는 차 더욱 달콤해

址僻從無人扣戶 庵空喜有佛同龕　변두리에 있으니 찾는 이 없고, 부처님과 한방 쓰니 더욱 기쁘네

＿ 圓鑑冲止[고려], 〈閑中偶書〉

• 江邊放浪自忘形 日狎遊傍渚汀　강가를 서성이며 얽매임 잊고 새들과 벗하며 날마다 물가에 노네

散盡舊書留藥譜 撿來餘畜有茶經　약보(藥譜)만 남기고 모든 책 다 없어지고, 남은 책 보니 오직 茶經뿐이네

＿ 李奎報[고려], 〈宿濱江村舍〉

• 誰道村居僻 眞成適我情　누가 시골살이 궁벽하다 했는가. 참으로 나의 뜻에 맞기도 하이

雲閒身覺懶 山存眼增明　구름이 한가하니 몸마저 느려지고, 산 속에 사니 눈은 점점 밝아지네

詩藁吟餘改 茶甌飯後傾　시고를 읊조리며 다시 고치고, 밥 먹은 다음엔 찻사발 기울이네

從來知此味 更別策功名　지난날 이 재미 알았더라면, 벌써부터 공
　　　　　　　　　　　　　　명을 멀리했을 걸.

_ 李崇仁[고려], 〈次民望韻〉

• 掩門獨坐靑山近 揮麈高談白日長　문 닫고 청산 속에 홀로 앉아 세
　　　　　　　　　　　　　　속일 잊고 고아한 얘기 종일토
　　　　　　　　　　　　　　록 한다네

　斗室蕭然無俗物 藥爐茶鼎共琴床　작은 집 정갈하여 세속 것 하나
　　　　　　　　　　　　　　없고, 약화로와 차솥이 거문고
　　　　　　　　　　　　　　와 같이 있네

_ 徐居正[조선], 〈次逍遙亭見寄詩韻〉

• 堂之東 有小丘 其始棄地也 孟夏之初 課隷人剗娛草 去朽栴 作小臺
于 櫻桃樹下 其大受牀 其高及堂 旣成 戴小烏巾 手執唐人詩一卷 偃
仰乎 其上 鳥聲花影 不違酒壺茶鼎之內 余始而適 中而失其所以適
終而未嘗適也. 집 동쪽에 조그만 언덕이 있는데 처음엔 버리는 땅
이었다. 이른 여름에 종들을 시켜 우거진 풀을 자르고 썩은 그루를
없이 하고, 앵두나무 아래에 작은 대를 만들었다. 그 크기가 평상을
놓을 만하고 높이는 마루에 미칠만하다. 다 이루어짐에 작은 오건
을 쓰고 당시(唐詩) 한 권을 손에 들고 그 위에 반듯이 누우면, 새
소리와 꽃 그림자가 술병과 차 솥의 안에 어리어, 내 비로소 편안
해진다. 중간에 그 편안함을 잊어버리면 끝내 그 편안함을 맛보지
못하게 된다.

_ 權韠[조선], 〈花下小臺記〉

2. 披咏疲倦 시를 읽다가 피로하고 권태로울 때

• 宴坐行吟 _ 陳繼儒

• 茶能調神 和內 解倦 除慵 _ 杜毓, 〈荈賦〉

• 飽食緩行初睡覺 一甌新茗侍兒煎 脫巾斜倚繩床坐 風送水聲來耳邊
  _ 葉夢得, 〈避暑錄話〉

• 報國無效老書生 喫茶成癖無世情   나라의 은혜에 보답 못한 늙은
     서생, 차 마시는 버릇에 젖어 세
     상일은 잊었다네

  幽齋獨臥風雪夜 愛聽石鼎松風聲   눈보라치는 밤 그윽한 서재에
     홀로 누워, 돌솥의 솔바람소리
     즐겨 듣고 있다네

  _ 鄭夢周[고려], 〈石鼎煎茶〉

• 松關積雪擁茶鼎 雲榻淸香看道書   절 문에 눈이 쌓이니 차 솥을 매
     만지고, 구름 덮인 탑상에서 향
     기 맡으며 道書를 읽는다네

  我欲從之不可得 臨風一挹空躊躇   내 그 내용을 따르고 싶으나 얻
     을 수 없어, 바람 맞으며 차 한
     잔 마시고 공연히 머뭇거리네

  _ 李廷龜, 〈過鳳凰山〉

3. 意緖棼亂 생각이 어수선할 때

• 隋文帝時 夢神人易其腦骨 自爾腦痛 忽遇一僧云 山中有茗草 服之
  當愈 _ 程百二, 『品茶要錄補』

• 劉琨書曰 吾體中潰悶 常仰眞茶 汝可置之 _ 『茶經』

· 茶茗宜久服 令人有力悅志 _『神農食經』

· 活火試芳茶 花甕浮白乳　　불꽃 위에 향차 달이니, 꽃무늬 찻사발에
　　　　　　　　　　　　　　흰 乳華 뜨네

　香甛味尤永 一啜空百慮　　향기롭고 달콤한 맛 너무 좋아, 한 모금
　　　　　　　　　　　　　　마시니 온갖 근심 사라지네

　_ 金克己[고려], 〈黃龍寺〉

· 松風入鼎發颼飀 聽之足可淸心耳　차 솥에 쇄쇄 솔바람 일어, 그 소
　　　　　　　　　　　　　　　　　리 듣기만 해도 마음 맑아지다네

　滿椀悠揚氣味濃 啜過爽然如換髓　찻잔 가득 피어나는 짙은 그 맛,
　　　　　　　　　　　　　　　　　마셔보니 뼈 속까지 시원해지네

　_ 李衍宗[고려], 〈謝朴恥庵惠茶〉

· 小瓶汲泉水 破鐺烹露芽　작은 병에 샘물 길어 낡은 솥에 노아(露
　　　　　　　　　　　　　芽) 달이니

　耳根頓淸淨 鼻觀通紫霞　문득 귀가 밝아지고 코로는 아름다운 자
　　　　　　　　　　　　　연의 냄새 맡는다네

　俄然眼翳消 外境無纖瑕　갑자기 눈에 가린 것 없어지니 밖으로 작
　　　　　　　　　　　　　은 티 하나 보이지 않네

　舌辣喉下之 肌骨正不頗　혀로 맛보고 목으로 넘기니 온몸이 발라
　　　　　　　　　　　　　져 흩어짐 없다네

　靈臺方寸地 皎皎思無邪　가슴 속 신령스런 마음자리 환히 밝아 생
　　　　　　　　　　　　　각에 사특함이 없네.

　何暇及天下 君子當正家　어느 때 천하에 미칠 수 있으리, 군자는
　　　　　　　　　　　　　마땅히 집안부터 바르게 한다네.

　_ 李穡[고려], 〈茶後小詠〉

· 會向世間馳東西 十年枯腹飢鳶啼　일찍이 세속일로 동분서주 하였더니, 오래 찌든 뱃속 솔개소리 나는구나

呼童煮茗暮江寒 醫我渴肺心火低　저녁 강이 추워져 아이 불러 차 달이니, 불길 이는 이 마음을 가라앉혀 주는구나

百慮漸齋虛室明 日長烏几收視聽　긴긴 날 책상에서 아무것도 듣 보지 않네

東華門外競是非 呶呶聒耳不聞聲　동화문밖 시비는 한결같아서 왁자지껄 떠들어도 그 소리 안 들리네

_ 南孝溫[조선], 〈銀鐺煮茗〉

· 大瓢一傾氷雪光 肝膽炯徹通神仙　표주박 기울이니 빙설처럼 희어서, 마음이 확 트여 신선과 통한다네

徐徐鑿破渾沌竅 獨馭神馬遊象先　천천히 혼돈의 구멍 깨어 뚫어, 홀로 신마 타고 선계에 노닌다네

回看向來矸磪地 妖魔俗念俱茫然　돌아보니 지나온 길 자갈밭인데, 요사스런 속된 생각 모두 사라지고

但覺心源浩自運 揮斥物外逍遙天　마음 바탕 드넓음을 깨달아서, 속사를 뛰어넘어 소요세계 노니는 듯

_ 鄭希良[조선], 〈夜坐煎茶〉

• 夢破天涯一雁斜 病餘涼氣感年華　꿈 깨니 하늘가에 외기러기 날
　　　　　　　　　　　　　　　　고, 아픈 몸 찬기운에 세월의 느
　　　　　　　　　　　　　　　　꺼움 저리네

　　金風有信飛桐葉 玉露無聲濕桂花　가을바람은 언제나 오동잎 날리
　　　　　　　　　　　　　　　　고, 옥 같은 이슬 소리 없이 계
　　　　　　　　　　　　　　　　화를 적시네

　　人隔水雲秋萬里 月懸砧杵夜千家　사람들과 수운에 가려 아득한
　　　　　　　　　　　　　　　　가을에, 달빛 아래 많은 집 다듬
　　　　　　　　　　　　　　　　이 소리라네

　　此間意味偏蕭索 漫向窓前自煮茶　이 가운데 내 뜻 매우 쓸쓸해, 한가
　　　　　　　　　　　　　　　　롭게 창 앞에서 차를 달이네

　　_ 李晬光, 〈秋夜有懷〉

• 急雪蒼茫欲暮天 亂風吹捲屋頭煙　휘몰아치는 눈 아득하여 하늘이
　　　　　　　　　　　　　　　　저무는데, 어지럽게 부는 바람은
　　　　　　　　　　　　　　　　굴뚝 연기 몰아가네

　　孤懷悄悄匡床冷 手點茶鐺獨自煎　외로운 회포 근심스러워 잠자리
　　　　　　　　　　　　　　　　냉냉하여, 혼자서 차 솥에 손수
　　　　　　　　　　　　　　　　달인다네

　　_ 鄭弘溟, 〈暮雪〉

4. **聽歌聞曲** 노래나 악기의 연주를 들을 때
• 雪水烹茶漲綠雲 梅牕日映對桐君　눈 녹인 물 차 달이니 녹유(綠
　　　　　　　　　　　　　　　　乳)가 넘쳐나고, 창에 비친 매화
　　　　　　　　　　　　　　　　는 거문고와 마주했네

光搖銀海堪吟賞 乘興何須訪戴云　새하얀 눈바다 보면 시(詩) 절로
　　　　　　　　　　　　　　　　읊어지니, 흥겨운데 어디 가서
　　　　　　　　　　　　　　　　더 좋은 것 말하리

눈을 녹여서 달인 차는 멋스럽기도 하려니와 별다른 운치가 있다.
다탕이 푸른색인 것으로 보아 산차(散茶)일 것이다. 불우헌은 선비
의 집이니 거기에 매화와 거문고가, 하나는 고고한 절의(節義)와
암향(暗香)을 가졌고, 하나는 유장(悠長)한 음률로 정감을 표현하
니 감각의 대비가 좋다. 더구나 눈 덮인 넓은 들판이 앞에 있으니
그 경관을 보면 저절로 시가 나오니 이보다 더 좋은 경치가 어디
있겠는가.
　_ 丁克仁,〈不憂軒吟〉
• 詩從幽鳥答 茶使小僧煎　시에는 숲속의 새가 답하고, 차는 어린
　　　　　　　　　　　　　중에게 달이게 하네

　莫道無絲竹 風琴弄古絃　음악이 없다고 말하지 말게나, 바람의 거
　　　　　　　　　　　　　문고가 옛 가락 퉁긴다네

　　_ 林億齡,〈野酌〉
• 虛窓竹影薄 高枕灘聲轉　텅 빈 창엔 대 그림자 희미하고, 개울소
　　　　　　　　　　　　　리 때문에 잠자리 뒤척이네

　琴淸月照席 茶罷僧歸院　달빛 밝은데 거문고 소리 청아하고, 차
　　　　　　　　　　　　　다 마시고 스님 절로 돌아갔네

　　_ 睦大欽,〈次辛士毅韻〉
• 茶熟爐烟細 梅香閤影深 逢人問鄕信 遺我多佳吟 _ 幽閑堂洪氏

5. 歌罷曲終 노래나 악기의 연주가 끝났을 때

· 碧空如洗玉河流 力疾黃昏上古樓　깨끗한 냇물로 씻은 듯 하늘 푸른데, 황혼에 힘겹게 옛 누각에 오르네

兩箇野僧留外友 十分江月出中秋　시골 중 둘과 한 세속의 벗이 보는데, 중추의 강에서 둥근달 떠오르네

詩成遞和驚烏鵲 茗到爭嘗轉斗牛　시를 지어 번갈아 화답하니 새들이 놀라 날고, 차를 마시며 다투어 감상하노라니 斗牛가 기울었네

忽記陰山舊題句 此身逾覺聖恩優　홀연히 옛 음산의 시구가 생각나서, 이 몸은 곧 임금님의 은혜에 감격하였네

_ 李安訥, 〈八月十五夜〉

· 潤邊坐青苔 烹茶燒松葉 傾杯復吟詩 花間戲白蝶 _ 淑善翁主

6. 杜門避事 문 닫고 세속의 일을 피할 때

· 竹窓日吾篆煙斜 一甌要及睡新起　한낮의 죽창엔 다연이 피고 낮잠 깨어 한 잔 차 있으면 되네

幾回回首憶南烹 山中故人無信使　남녘에서 차 끓이던 일 자주 그립고 산속의 옛 친구 소식도 없네

何況當時卿相門 肯記踽頑分內賜　하물며 그때의 높은 벼슬아치들

이 뜸한 사람 생각해서 하사품
나누어주리

_ 李衍宗[고려], 〈謝朴恥庵惠茶〉

· 重門晝鎖合 慘慘日西落　덧문은 낮에도 닫혀있고, 쓸쓸히 저녁 해
　　　　　　　　　　　　넘어가네

凍雀依空林 蟄龍泣幽壑　겨울새는 잎 떨어진 숲에 있고, 엎드린
　　　　　　　　　　　　용은 깊은 골짜기에서 운다네

石鼎試煎茶 獨敲氷井涸　돌솥에 차 달이려고, 혼자서 물 막힌 우
　　　　　　　　　　　　물의 얼음 깬다네

_ 李睟光, 〈苦寒行. 次謝康樂〉

· 詩無較勝酒無多 興盡其如病作何　시로 겨루고 술 많이 마시는 것
　　　　　　　　　　　　　　　　옳지 않으니, 흥이 지나면 병폐
　　　　　　　　　　　　　　　　가 되니 어이하리

最好閉門閒坐處 茶煎雪水聽濤波　제일 좋은 것은 문 닫고 한가로
　　　　　　　　　　　　　　　　이 앉아, 눈물로 차 달이며 물
　　　　　　　　　　　　　　　　끓는 소리 듣는 것이라네

_ 李端夏, 〈壺谷又次南澗絶句韻〉

· 茶熟烟消人不見 滿簷斜日寫黃庭 _李觀命

· 茶通仙靈 然有妙理. 山堂野坐 汲泉煮茗 至水火相戰 如听松濤 傾瀉
入杯 雲光瀲灩 此時幽趣 故難與俗人言矣 _ 羅廩, 『茶解』

· 曾入沙門誓不還 鬧中何似做淸寒　일찍 사문에 들어 절대 돌아가
　　　　　　　　　　　　　　　　지 않으리니, 세속에 사는 것이
　　　　　　　　　　　　　　　　어이 이 청한에 비기리

四時烟月光浸水 八幅雲屛影在山　네 계절의 안개 속 달빛은 물에

어려 있고, 여덟 폭 구름병풍의
형상은 산에 있다네

猿啼竹逕鐘聲穩 風打松陰鶴夢殘　종소리 은은한 대숲 길엔 잔나
비 울고, 바람 부는 소나무 가지
엔 학이 졸고 있다네

茶歇却醒塵世夢 三公難買此身安　차 마시고 깨우쳐 세속의 미련
가셨으니, 아무리 높은 벼슬로
도 이 몸 살 수 없으리

_ 錦溟寶鼎,〈山居幽興〉

7. **鼓琴看畫** 거문고 퉁기거나 그림을 감상할 때
• 琴微細入新調曲 茶銚淸分一沸聲　거문고 들고 새로운 곡 가녀리
게 고르니, 다관에서 맑은 소리
한줄기 빗기네

_ 李尙迪
• 茶熟詩腸潤 琴淸玉手纖　차가 익어가니 시상이 떠오르고, 섬섬옥
수 거문고 소리 맑기도 하구나

_ 洪吉周 · 洪原周,〈聯句〉
• 寒窓呵手斂殘棋 牢掩松關客去時　추운 창 앞에서 손을 불며 흩어
진 바둑 거두고, 손님 떠나고 대
문을 굳게 닫았네

莫問老夫閑日用 啜茶觀畫又評詩　늙은이 한가해서 매일 할일 없
다 묻지 마라. 차 마시고 그림
보고 또 시평까지 해야 하네

_ 李民宬, 〈齋居卽事〉

- 琴微細入新調曲 茶銚淸分一沸聲 _ 李尙迪
- 茶熟詩腸潤 _ 洪吉周 / 琴淸玉手纖 _ 洪原周

8. 夜深共語 한밤중에 이야기를 나눌 때

- 淸談把卷 _ 陳繼儒
- 淸談山日暮 秋色滿歸輪 _ 洪良浩
- 何由更秉西窓燭 每憶同煎北苑茶　어인 일로 서창에 다시 불 밝혔나, 언제나 함께 북원차 달이던 생각이었다네

  別後官居君莫問 荒年不及臥田家　헤어진 후 벼슬살이 묻지 말게나. 거친 세월이 시골살이 못 미쳤다네

  _ 李安訥, 〈眞一上人在南漢山城開元寺〉
- 生活本來從淡薄 肯於塵世慕華劇　내 생활이 원래 맑고 깨끗한 것을 따르나, 화려함을 좇는 속세에 살고 있다네

  機心妄想已消盡 饑食困眠聊自適　기회를 보는 망령된 마음 다 없어지고, 허기져서 곤히 자며 스스로 즐긴다네

  月下敲門訪道人 松陰下榻邀詩客　달빛 아래 도인 찾아 문 두드리고, 솔 그늘 탑상에서 시우들과 노닌다네

  喫茶相對頓忘歸 十笏禪房抱虛白　서로 만나 차 마시며 돌아갈 것

아주 잊어, 방장의 선방이 텅 비
어 밝다네

_ 李原, 〈又次明正庵詩〉

• 君獨慕眞隱 舍笏來飄然　　그대 오직 참다운 隱士 사모해, 벼슬 버
　　　　　　　　　　　　　　리고 표연히 여기에 왔네

　月夕話幽趣 丹竈生茶煙　　달밤엔 그윽한 아취 얘기하고, 신선의 부
　　　　　　　　　　　　　　뚜막에선 차 연기 이네

　奇遇豈偶爾 宿誓喜相圓　　기이한 만남 어찌 우연만이겠나, 宿世의
　　　　　　　　　　　　　　서원으로 끊임없이 잘 만난 것이지

　意擬堅靜節 共老靑山邊　　마음에는 절조 굳게 지키며, 청산에서 함
　　　　　　　　　　　　　　께 늙으리라 생각했는데

_ 虛應普雨, 〈寄醉仙〉

• 何當出定携筇去 煮茗相傾月下談　언제쯤 선정에서 풀려 대지팡이
　　　　　　　　　　　　　　　　짚고 가서, 달빛 아래 차 끓여
　　　　　　　　　　　　　　　　마시며 얘기 서로 해볼까?

_ 虛應普雨, 〈次嵩師韻〉

• 日暮山昏昏 幽壑雲漠漠　　날이 저무니 산이 어둑어둑하고, 깊은 골
　　　　　　　　　　　　　　짜기엔 구름이 아득하네

　夜深聲寥寥 松風吹瑟瑟　　밤 깊어 온갖 소리 잠잠한데, 솔바람만이
　　　　　　　　　　　　　　쓸쓸히 부는구나

　煮茗接軟語 團圞初促膝　　차를 달이며 부드러운 말 하고, 무릎 맞
　　　　　　　　　　　　　　대고 둘러 앉았네

　玄機訊老禪 微言扣妙訣　　노선사께 현묘한 도리 물어보고, 낮은 소
　　　　　　　　　　　　　　리로 오묘한 요결 두드려보네

_ 金守溫, 〈贈性哲上人〉

9. **明窓淨几** 밝은 창가 맑은 책상 앞에 앉을 때

· 冷井才亜綆 晴窓便點茶　찬 우물 두레박물 길어와, 맑은 창 앞 차 달이기 좋다네

觸喉攻五熱 徹骨掃群邪　목으로 넘길 때 오열을 느끼고, 뼈 속에 스민 사악 쓸어낸다네

寒礀月中落 碧雲風外斜　찬 냇물 위에 달이 떠있고, 푸른 구름 바람에 비끼어 날으네

已知眞味永 更洗眼昏花　그 가운데 참뜻을 알고 있기에, 또 한 번 침침한 눈 씻어본다네

_ 李穡, 〈點茶〉

· 幽人似蟄蟲 墐戶守一室　숨어사는 사람은 벌레처럼 나다니지 않고, 집 안에 박혀 방 하나를 지킬 뿐이라네

端居謝輪蹄 靜味寓書帙　수레나 말 타지 않고 단아하게 살며, 고요히 책 속에 깃들어 그 맛 즐기네

烹茶敲井氷 炙背就簷日　우물의 얼음 깨어 차 달이고, 처마에 햇볕 쬐어 등을 따뜻이 하네

何必氍毹毧 然後禦寒溧　하필 털 담요나 방석이 있어야, 찬 기운을 막을 수 있을까

_ 金壽恒, 〈日暮蒼山天寒白屋分韻〉

· 秋雨洗天天益凉 紅葉滿庭菊已荒　가을비 하늘을 씻어 하늘 더욱 맑고, 단풍잎 뜰 가득한데 국화

는 벌써 시드네

山茗一甌氣方舒 案上經卷手自張　　산차 한 사발에 기운이 사방으
　　　　　　　　　　　　　　　로 퍼지고, 책상 위의 책들을 손
　　　　　　　　　　　　　　　으로 펼쳐 보네

舊讀如逢故人話 新得恨無良友商　　옛 책 읽으면 고인을 만난 듯하
　　　　　　　　　　　　　　　고, 새로이 좋은 친구 많이 얻은
　　　　　　　　　　　　　　　듯하네

機心習靜頓相忘 簷鳥近人故不翔　　기틀을 보는 마음 잊어지고 평
　　　　　　　　　　　　　　　온하니, 가까이 가도 처마 끝 새
　　　　　　　　　　　　　　　가 날아가지 않네

_ 徐命膺,〈對雨書事〉

10. 洞房阿閣 작은 방 아늑한 누각에 들 때
・凉臺靜室 _ 陳眉公,〈秘笈〉
・卜築溪頭地自偏 竹籬柴戶掩寒天　　시내 머리에 집을 지으니 땅이
　　　　　　　　　　　　　　　절로 외지고, 대울타리 사립문
　　　　　　　　　　　　　　　이 추운 하늘을 가렸네

仙翁邂逅開顔笑 人與梅花共粲然　　선옹을 우연히 만나 얼굴 펴고
　　　　　　　　　　　　　　　웃으니, 사람과 매화가 함께 환
　　　　　　　　　　　　　　　히 빛나네

臘盡溪山雪向晴 寒梅初綻暗香生　　설달이 다 간 계곡에 눈이 개고,
　　　　　　　　　　　　　　　찬 매화가 처음 피매 그윽한 향
　　　　　　　　　　　　　　　기가 풍기네

仙翁邂逅煎茶處 疏影橫斜水自淸　　우연히 선옹을 만나 차 달이는

곳에, 성긴 그림자 가로 비꼈는
데 물은 절로 맑네

_ 權近,〈梅溪上人送平田〉

• 瓶裏疏英夜忽開 門童又報老僧來　드문드문 밤 지나며 홀연히 피었
　　　　　　　　　　　　　는데, 밖에 있던 아이가 늙은 스
　　　　　　　　　　　　　님 왔다 이르네

小齋相對還多事 手煮新茶共一杯　작은 집에 마주앉아 할 얘기도
　　　　　　　　　　　　　많아, 손수 차 달여서 한 잔씩
　　　　　　　　　　　　　마신다네

_ 李安訥,〈瓶梅初發 敬祖上人忽袖詩來訪〉

11. 賓主款狎 주객이 다정하게 만났을 때

• 悠然相對忘歸去 松下靑煙再煎茶 _ 李宗城
• 花晨月夕 賢主佳賓 縱談古今 品茶次第 天壤之間 更有何樂
  _ 王復禮,〈茶說〉
• 早占淸幽君自適 晚逢佳勝我方慙　일찍 자연으로 든 그대 유유하
　　　　　　　　　　　　　게 지내니, 늦게 좋은 곳 만난
　　　　　　　　　　　　　나는 부끄럽다네

洗心投社如同隱 汲水煎茶尙可堪　마음 씻고 절에 들어 은거한다
　　　　　　　　　　　　　면, 물 긷고 차 끓이는 일 내가
　　　　　　　　　　　　　하려네

_ 李奎報,〈題黃驪井泉寺誼師野景樓〉

• 蒼松無數鎖峯巒 隔屋相呼衲子還　소나무 숲 우거진 연봉 둘러있
　　　　　　　　　　　　　는데, 집 건너 스님 불러 왔다네

坐對茶鐺終日話 却將身世付清閒　차솥 앞에 놓고 앉아 종일 얘기
하니, 장차 이 몸 맑고 깨끗한
속에 맡겨둘꺼나

_ 成俔,〈三陟竹西樓八詠〉

• 泉甘宜煮茗 日永好看山　샘물이 달아 차 끓이기 알맞고, 낮이 기
니 산보기가 좋구나

憨愧靈師語 休官便此還　부끄러워라 영사(靈師)의 그 말씀, 벼슬
버리고 이곳에 돌아오라네

_ 李崇仁,〈附南岳林先生韻〉

• 拂石添香成篆碧 汲泉烹鼎試茶清　반석 쓸고 향 피우니 연기는 푸
른 전서를 이루고, 샘물 길어 솥
에 차 달이니 향과 색 맑기도 해
라

松風斜日忘形久 始信溪橋三笑情　저무는 날 솔 소리 들으니 모든
형상 잊게 되고, 정에서 우러난
호계삼소 이제야 믿게 되었다네

_ 漢永鼎鎬,〈李蘭谷來訪大圓山房〉

12. **佳客小姬** 아름다운 손님과 미인을 만날 때

• 小妓來何遲 聞却鞦韆索 _ 蔡濟恭

• 小婢汲清泉 烹茶仍盥濯　어린 여종이 새 물 길어서, 차 끓이고 그
릇 씻고 빨래하네

案上南華經 整冠聊一讀　안상에 남화경 펼쳐 놓고, 의관을 바로하
고 공들여 읽는다네

_ 李廷龜,〈江村曉起〉

• 十客西軒最幽奇 薰爐自煖雙鬢絲　서헌의 열 분 손님 가장 기이해, 따뜻한 화로 가에 머리가 희끗 희끗

　試煎雪水點雀舌 亦有檀板低蛾眉　눈물을 끓여서 작설을 달이고, 단판을 두드리는 미인의 노래도 있다네

_ 李植,〈郡齋賞雪〉

13. 訪友初歸 벗을 만나고 돌아온 때

• 宵燈棋落子 雪水茗燒芽　등 아래 바둑돌 던지고, 눈 녹인 물에 차를 달이네

　客去渾無賴 松叉月映霞　손은 떠나고 온통 마음잡지 못하는데, 소나무 사이로 물먹은 달이 비치네

_ 申欽,〈示全兒〉

• 茶爐烟細篆香消 一室圖書坐寂廖 _ 權尙夏

• 歸來一室類禪房 身似維摩病在床　돌아오니 집안이 선방같이 조용하고, 몸은 바로 유마가 병상에 있는 듯하네

　聚散本來如夢幻 死生那得謾悲傷　모이고 흩어짐 본래 꿈과 같은 것이니, 죽고 사는 것을 어찌 슬퍼만 하겠는가

　薰消古篆煙猶裊 茶試新泉味自香　훈기 가시니 전서 같던 연기 하늘거리고, 새 물 길어 달인 차

맛 향기롭다네

契活從今甘淡泊 餘年欲占水雲鄉　　만나고 헤어짐 이제부터 담담하
고, 남은 생애는 자연 속에 살고
싶네.

　_ 申翊聖, 〈自陵下歸家, 病尤劇〉

• 夢回誰進仰山茶 懶把殘經洗眼花　　꿈 깨니 누가 앙산차 주어 마시
고, 읽던 경전 들어보니 흐린 눈
맑아지네

賴有知音山下在 隨緣來住白雲家　　그대 이 산자락에 있으매, 인연
따라 백운가에 머무른다네

　_ 초의, 〈水鐘寺次石屋和尚韻〉

• 借問吳君幾日還 促筇行色與雲間　　찾아 묻노니 그대 언제쯤 돌아
오시나, 걸음 재촉하여 구름 속
으로 사라지네

相逢共作他鄉客 分袂各歸故國山　　서로 만났을 땐 타향의 나그네
였는데, 헤어져서 각각 고향으
로 돌아가네

鼎食雖云三朔滿 甁茶未怡十旬間　　해 먹는 밥이야 석 달 치면 된
다지만, 병에 차는 100일이라도
흡족치 않네

休言彼此情多少 男子豈能悲喜關　　서로의 정이 많고 적음을 말하
지 마라. 남자가 어찌 기쁘고 슬
픔에 구애되리

　_ 龍岳慧堅, 〈送德順上人〉

14. 風日晴和 바람이 잦아들고 날씨가 화창할 때

· 一逕穿蒙密 懸厓有少茨　한 줄기 오솔길 숲속으로 나 있고, 낭떠
　　　　　　　　　　　　러지 위에는 작은 집 하나

　藝蘭仍作畇 貯月欲成池　난초를 길러볼까 밭을 일구고, 달을 담아
　　　　　　　　　　　　보려 못을 판다네

　竹塢還聽瑟 香燈却對棋　대밭 둘레엔 비파소리 들리는데, 방 안
　　　　　　　　　　　　등불 아래 바둑 대하네

　山家淸事足 煮茗又題詩　산가의 청아한 일 많기도 해서, 차 달이
　　　　　　　　　　　　고 때로는 시를 쓴다네

　_ 申欽,〈池上三首〉

· 彤扉岑寂吾陰遮 乳燕參差掠晚花　한낮의 그늘 드리운 고요한 붉
　　　　　　　　　　　　　　　은 대문엔 늦게 핀 꽃 헤치며 어
　　　　　　　　　　　　　　　린 제비 들쭉날쭉

　忽聽廚人新火報 便催新水煮新茶　홀연히 부엌에서 새 불 피운 소
　　　　　　　　　　　　　　　식 듣고, 새 물 길어 햇차 달이
　　　　　　　　　　　　　　　라 재촉했네

　_ 李植,〈省中新火煮茶〉

· 煮引風之碧雲 傾浮花之雪乳 _「群芳譜」〈末茶〉

15. 輕陰微雨 흐리거나 가랑비 내릴 때

· 鎭日關門少客過 幽居渾似野僧家　종일 닫힌 문에 찾는 이 없고,
　　　　　　　　　　　　　　　그윽하게 사는 것이 시골 중과
　　　　　　　　　　　　　　　같다네

　吟邊命酒奔愁陣 病裏呼茶却睡魔　술잔 기울이며 시 읊으면 온갖

수심 없어지고, 아플 때 차 마시면 잠이 달아난다네

春雨有聲鳴屋瓦 曉風無力破山花 봄비 소리 기왓골에서 들리고, 새벽바람은 힘없는 꽃을 떨어뜨리네

偸閑擬逐尋芳侶 其奈餘寒尙未和 한가로운 틈타서 좋은 벗 찾고, 그 나머지 쓸쓸함은 아직도 남았다네

_ 李晬光,〈淸和卽事〉

• 簷溜冷冷響欲殘 小春天氣未全寒 처마에 비 듣는 소리 아직도 남았는데, 10월의 추위는 그래도 견딜만하다네

香添睡鴨龍涎逗 茗潑風爐蟹眼團 오리모양 향로에선 용연향 피어나고, 풍로에 끓는 차는 둥근 게 눈 맺힌다네

_ 申欽,〈至日寄芝峯〉

• 空山歲晏 密雪微霰 枯條振風 寒禽號野 一室擁爐 茗香酒熟 三樂也 ;
해 저무는 공산에 가는 눈 흩뿌리고, 앙상한 가지 바람에 흔들리고 추위에 우는 새소리 들리는데, 방 안 화로 가에서 술 익고 차 향기 풍기는 것이 셋째 즐거움이다. _ 申 欽,〈野言〉

• 一榻風輕紫鬢影 重簾雨細綴花枝
淸於煮酒初回夢 韻似燒香半入詩 _ 李尙迪

16. 小橋畫舫 작은 다리 아래 꽃배를 띄울 때

• 移舟蘭渚月朦朧 斜抱琵琶滿袖風　달빛 몽롱한 속에 배가 난저로 미끄러져 가고, 비파 빗기 안은 소매에 바람 가득하다네

欲汲淸江新煮茗 鴛鴦驚起暝煙中　맑은 강물 길어 햇차 달이려 하니, 원앙이 놀라 희미한 연기 너머로 날아가네

_ 金尙容, 〈題李楨畫〉

• 十載閑蹤一日收 柴門空鎖竹松幽　십 년의 한가로운 생활 어느 날 거두고 나니, 송죽 그윽한 속에 사립문만 공연히 걸려 있네

鄴侯書架留千軸 陸子茶爐曠小舟　업후의 책꽂이엔 아직 천 권 남아 있고, 육우의 차 화로 실어도 작은 배가 넓다네

_ 李植, 〈舟下漢陽過大灘〉

• 江中舫如屋 爐上鼎似笠 庖人具蔬肉 茶姬進酒榼 _ 李民輔

17. 茂林修竹 무성한 숲이나 대밭에 갈 때

• 其住處則乃頭輪絶頂之下也 松竹茂處 縛箇數楹草室 垂柳拂簷 幺花滿砌 掩映交錯 庭中鑿上下池 … 每雲晨月夕 沈吟耐興 香初茶半 逍遙適趣 云云 ; 그의 거처는 두륜산정의 아래였다. 松竹이 울창한 곳에 두어 칸 초가를 얽어 지냈다. 버드나무가 처마에 드리우고 조그만 꽃들은 뜰에 가득하게 어울리어 가운데 파놓은 아래위 연못에 비쳤다. 매양 안개 피는 새벽이나 달뜨는 저녁이면 그는 고요에

잠긴 채 시를 읊으며 흥겨워했다. 차가 한창 익어 향기 오르면 마시고 일어나 서성이며 흥에 취해 있었다.

_ 草衣, 〈夢緣錄〉

18. 課花責鳥 꽃을 가꾸고 새를 보살필 때

• 弼雲西麓是吾廬 門巷依然仲蔚居　필운동 서쪽 기슭 거기가 내 집인데, 골목 쪽 문은 곧 중개인 집이라네

曾植晚楓三歲許 爲移時菊十叢餘　3년 전쯤 늦단풍 심으면서, 국화 십여 떨기 자리 옮겼지

寒泉曉汲宜烹茗 小閤晴開好展書　새벽에 찬 샘물 길어 차를 달이고, 작은 문 열고서 책읽기 좋은 곳

秋日想應幽賞足 可憐孤客未歸歟　가을의 그윽한 흥취 응당 좋을 텐데, 가련한 나그네 돌아가지 못한다네

_ 張維, 〈秋懷八首〉

• 內院敎奴調野鶴 小樓邀妓賞甁花　안뜰의 종에겐 두루미 다루는 것 가르치고, 작은 누에 기생 불러 꽃을 함께 감상하네

可憐信美非吾土 況復西風減歲華　가련하게 이 좋은 것 별천지로 느껴지고, 더구나 서풍에 세월은 흘러만 가네

_ 李匡德, 〈芙蓉堂漫興〉

• 一叢霜菊領秋頭 有意時來積翠樓　한 떨기 서리국화 활짝 피는 가
　　　　　　　　　　　　　　　을 녘에, 생각날 때가 오면 적취
　　　　　　　　　　　　　　　루에 오른다네

_ 錦溪寶鼎

• 唐人以對花啜茶爲殺風景 故王介甫詩云 "金谷千花莫漫煎" 其意在
花 非在茶也. ; 당대의 사람들이 차를 마시는 곳에 꽃을 두는 것을
살풍경한 일이라고 하였으니, 왕안석의 시에 이르기를 "금곡의 수
많은 꽃 앞에서 차 끓이지 마라."라고 한 것은 그 사람의 뜻이 꽃에
있고 차에 있지 않기 때문이다.

_ 田藝蘅, 『煮泉小品』

• 林鶯暫坐歌三闋 簾燕頻來語百端　숲 사이 앵무새 잠깐 앉아 노래
　　　　　　　　　　　　　　　부르고, 발 밖의 제비는 자주 와
　　　　　　　　　　　　　　　서 수다 떠네

卽此幽愁聊自遣 吾茶初熟篆香盤　애오라지 이런 생각으로 세월
　　　　　　　　　　　　　　　보내고, 낮차가 익어가니 향기
　　　　　　　　　　　　　　　퍼져 오르네

_ 趙顯命, 〈題墨沼西湖軸〉

• 窄窄茅堂短短籬 落花如雨滿天時　자그만 띳집 낮은 울타리에 하
　　　　　　　　　　　　　　　늘 가득 꽃비 내릴 때에

茶爐日晏無餘事 閒看幽禽浴小池　차 달이고 오후엔 할 일 없어 새
　　　　　　　　　　　　　　　들 못에 노는 것 한가로이 본다
　　　　　　　　　　　　　　　네

_ 趙纘韓, 〈漫興〉

19. 荷亭避暑 연못 가 정자에서

• 小院週廊日已斜 銀甌初淪試新茶　소원이라 주랑엔 해 이미 기울었으니, 처음 달인 햇차 맛을 은사발로 마셔보세

點池菡萏將浮葉 經雨薔薇已發花　못에 심은 푸른 연은 잎이 장차 떠오르고, 비 맞은 장미는 벌써 꽃이 피었구려

_ 許筠, 〈海陽記懷〉

• 亭以山名識我心 我心何在在山林　정자 있는 산 이름 내 마음에 드는데, 내 마음은 어이하여 자연에만 있는가

茶煙成篆遲遲日 花影呈圖片片陰　긴긴날 차 연기 전서처럼 피어오르고, 꽃 그림자 그림처럼 잎잎이 그늘지네

_ 傳 許楚姬

• 滿江蒼翠雨霏微 喜見雲間獨鶴歸　비 뿌린 강에는 온통 푸른빛인데, 구름 사이 나는 학 한 마리 보기 좋구나

莫怪登樓消永日 煮茶聲裏坐忘機　누에 올라 시간 보냄 부끄러워 마라, 차 끓는 소리 들으며 앉아 세속일 잊는다네

_ 金九容, 〈醉後子安令我起書壁間〉

20. 小院焚香 작은 집에서 향을 피우며

· 生涯點檢無拘束 一鼎新茶一炷香　　생애 되뇌어도 구속될 것 하나
　　　　　　　　　　　　　　　　　　 없고, 한 솥의 햇차와 피우고 있
　　　　　　　　　　　　　　　　　　 는 향뿐일세

　　　 _ 金時習, 〈雨後〉에서

· 圖書抛在床 卷帙亂旁吾　　책은 상 위에 널려져, 어지럽게 흩어져
　　　　　　　　　　　　　　있네
　瓦爐起香煙 石鼎鳴茶乳　　질화로엔 향 연기 일고, 돌솥엔 차 끓는
　　　　　　　　　　　　　　소리 들리네.

　　　 _ 金時習, 〈耽睡〉에서

· 自一家內書籍几案 以至庭除卉木 方列整齊 杖屨林壑 逍遙自適 休
　則靜 坐觀書 焚香煮茗 凡聲伎駮雜之戲弗用也 ; 집 안의 서적이나
　가구는 물론 뜰 가장자리의 꽃나무에 이르기 까지, 반듯하게 정돈
　이 되어 있었다. 미투리에 지팡이 짚고 숲속을 소요 자적하고, 쉴
　때는 향을 피우고 차를 마시며 고요히 앉아 책을 읽고, 소리나 잡된
　유희를 가까이 하지 않았다. _ 〈金尙憲神道碑銘〉

· 作客燕山歲月多 鏡中霜鬢奈吾何　　연산의 나그네로 오랜 세월 지
　　　　　　　　　　　　　　　　　　났는데, 거울 속의 귀밑머리 어
　　　　　　　　　　　　　　　　　　이하여 희었는가
　焚香讀易恁麼坐 啜茗談詩隨意過　　향 피우고 주역 읽으며 현
　　　　　　　　　　　　　　　　　　묘한 것 생각하고, 차 마시고
　　　　　　　　　　　　　　　　　　시 읊으며 뜻대로 지낸다네

　　　 _ 李民宬, 〈奉次石樓相公〉

· 一椀清茶一炷香 淡然終日對匡床　　맑은 차 한 잔에 한 대의 향으

로, 종일토록 담연히 책상 앞에
앉았네

山晴簾外開新畫 松老庭邊進晩涼   산이 개니 발밖엔 새로운 풍경
이고, 뜰 가의 노송은 서늘하게
만드네

_ 洪葳,〈示樞卿朗然, 時久留樞卿家〉

21. 酒闌人散 술자리 파하고 혼자일 때

· 茶甌贏得睡魔降 白帢風輕坐北窓   한 잔 차로 잠귀신 완전히 항복
받고, 선들바람 북창 앞에 백합
쓰고 앉았다네

長孺豈堪留禁闥 季鷹眞欲老吳江   급암이 어찌 궁 안에 머물 수 있
으리, 진정 장한처럼 고향에서
늙고 싶어라

虛名漫有詩千首 薄俸難供酒一缸   헛된 이름은 천 수의 시에 남았
을 뿐, 작은 봉급으론 술 한 병
사먹기 힘드네

斂却殘棋客散後 閑看乳燕入簷雙   손이 돌아간 후에 바둑판을 치
우고, 처마에 쌍쌍이 날아드는
어린 제비 쳐다보네

_ 張維,〈次韻酬趙叔溫〉

· 酒熟且從隣舍飮 雨晴還待故人來   술 익으면 이웃 따라 함께 마시
고, 비 개면 친구 오길 기다린다
네

孤懷寂寂寒宵永 獨對茶罏坐撥灰　　외롭고 적적할 땐 추운 날이 지
　　　　　　　　　　　　　　　루하여, 혼자서 차 화로의 재를
　　　　　　　　　　　　　　　뒤적인다네

　_ 趙泰億,〈次朴直卿韵〉

22. **兒輩齋館** 아이들이 글방에서 글을 읽고 있을 때

• 兒童喧暫息 坐久落燈花　　아이들 시끄러운 소리 잠깐 멎고, 오래
　　　　　　　　　　　　　앉았으니 등불도 꺼지네

　江海春猶至 京華路最賖　　이 물가에는 봄이 벌써 이르렀건만, 서울
　　　　　　　　　　　　　로 가는 길은 멀기도 하네

　身閑常脫帽 心熱每煎茶　　몸이 한가로우면 언제나 모자를 벗고, 마
　　　　　　　　　　　　　음이 답답할 땐 매양 차를 달이네

　世慮都消遣 時時點筆斜　　세속의 근심 아주 잊어버리고, 때때로 붓
　　　　　　　　　　　　　을 빗기 들어 쓴다네

　_ 李種學,〈夜坐〉

• 書史十千卷 孤村三兩家　　방에는 수많은 책들이 쌓였으나, 두세 집
　　　　　　　　　　　　　뿐인 외로운 마을이라네

　詞音淸戛玉 醉墨亂鷻鴉　　글 읽는 소리 옥을 굴리듯 맑고, 붓을 휘
　　　　　　　　　　　　　두르니 새들이 어지럽게 나네

　野色終朝暗 山光薄暮多　　들에는 아침내 안개 덮이고, 산 빛엔 옅
　　　　　　　　　　　　　은 땅거미 덮인다네

　閑眠無箇事 時煮玉川茶　　할 일 없이 낮잠 자고 나니, 때맞추어 노
　　　　　　　　　　　　　동의 차 끓이고 있네

　_ 李湜,〈次琴軒韻〉

23. 淸幽寺觀 사원과 도관에서

• 陳眉公은 지난날 '僧寮道院'이라 했으니, 비슷한 말이다.

• 呼兒響落松蘿霧 煮茗香轉石徑風　안개 낀 솔숲에서 아이 부르는 소리 들리고, 돌길로 부는 바람 차 향기 풍겨오네

涉入白雲山下路 已參庵內老師僧　백운산 아래 들어서니, 암자의 노스님 뵌 것 같다네

_ 眞覺慧諶, 〈到白雲庵〉

• 適自適兮養天全 林深洞密石逕細　자적한 삶이여 하늘의 뜻 받들 뿐이라네. 깊은 숲 그윽한 골짜기로 좁은 길 나있고

松下溪兮巖下泉 春來秋去人跡絶　솔 아래 개울이고 바위 밑 샘이라네. 봄 오고 가을 가면 사람 자취 끊어지고

紅塵一點無緣 飯一盂蔬一盤　속세와 인연은 한 점 없다네. 한 바루의 밥 한 접시의 나물

飢則食兮困則眠 水一缾茶一銚　시장하면 먹고 피곤하면 잠자네. 물 한 병 차 한 솥

渴則提來手自煎 一竹杖一蒲團　목마르면 가져다 손수 끓이네. 죽장에 부들방석

行亦禪兮坐亦禪 山中此樂眞有味　걸어도 선이요 앉아도 선이라네. 산중의 이 즐거움 정말 좋아서

是非哀樂盡忘筌 山中此樂諒無價　세상의 옳고 그름 다 잊었다네. 산중의 이 즐거움 진정 값지니

不願駕鶴又腰錢 適自適無管束　　신선도 부귀도 원하지 않네. 얽매
　　　　　　　　　　　　　　　임 하나 없이 자적하며 지내나니
但願一生放曠終天年　평생토록 자유롭게 끝내기만 바란다네.

_ 圓鑑冲止, 〈山中樂〉

· 雲水庵中昔點茶 四禪眞影護靑紗　옛날 차 달여 마셨던 운수암에,
　　　　　　　　　　　　　　　네 스님 진영이 청사초롱 둘러
　　　　　　　　　　　　　　　있네

明燈淸水長齋地 萬朶芙蓉擁紫霞　밝은 등 맑은 물 영원할 이 절간
　　　　　　　　　　　　　　　은, 만송이 연꽃으로 싸인 신선
　　　　　　　　　　　　　　　의 세계라네

_ 申翊聖, 〈贈通上人〉

· 病客烹茶爲別味 老僧飜偈不全閑　병든 이가 차 달이니 별다른 맛
　　　　　　　　　　　　　　　이고, 늙은 중 게(偈) 짓느라 한
　　　　　　　　　　　　　　　가롭지 않다네

夜來淸絶無纖累 最是瑤壇雪月寒　밤드니 아주 맑아 조금의 걸림
　　　　　　　　　　　　　　　도 없고, 이것이 곧 요대의 눈에
　　　　　　　　　　　　　　　비친 달빛이라네

_ 姜栢年, 〈遊地藏寺次韻〉

一肩壞色坐芳林 時見張華註外禽　몸에는 회색 가사 걸치고 좋은
　　　　　　　　　　　　　　　숲 속에 살며, 때때로 핀 꽃 바
　　　　　　　　　　　　　　　라보다 밖의 새소리를 풀이하네

溫銚焦茶供客飮 鑿池貯月印禪心　덖음차 따뜻이 달여 손에게 공
　　　　　　　　　　　　　　　양하고, 연못 파 달을 담고 선심
　　　　　　　　　　　　　　　을 새겨두네

_ 鐵船惠楫,〈又贈艸衣和尙〉

· 南臺北岳盡吾家 只守天眞度歲華　남대와 북악이 다 내 집이니, 참된 마음 지키면서 세월 보내네

蘿月松風爲伴侶 經床茶竈作生涯　담쟁이 사이로 보이는 달과 솔바람 벗 삼아, 경 읽고 차 달이며 생애를 누린다네

_ 梵海覺岸,〈次石屋和尙山居詩〉

24. 名泉怪石 좋은 샘과 괴이한 바위

· 香茶活火煮山泉 一椀才傾骨欲仙　산 샘물에 차를 넣고 활화에 달여 내어, 한 잔을 마시자 선골이 되려 하네

安得家家分此味 坐令天下洗葷羶　어찌하면 집집마다 이 맛 나누어서, 천하의 비린내를 앉아서 씻어낼까

_ 卞季良,〈西京使相容軒李公惠石銚, 以詩答之〉

· 中仙洞裏屋三椽 久欲從君住數年　중선동 깊숙이 삼연옥 지었다니, 그대 따라 두어 해 머물고 싶다네

曳杖門前鋪白石 烹茶庭畔滴淸泉　문 앞의 돌길 지팡이에 닳아 희어지고, 차 달이는 뜰 가엔 감천이 있구려

· 余嘗遊丹陽三仙巖 愛中仙巖泉石之勝 久不能忘于懷 而聞公置亭處 心忻然欲往從之 盖其地潔而泉甘 _ 閔遇洙

• 唯于同水一小臼 而爲漢源者異矣 世傳此水殊異 余爲一咂甘洌 煮茶
尤佳 … 機公居天德菴 幽絶精麗 見其丈室 一塵不染 供石耳餠山果
松蕈 以新茗下之 焚香憩息 ; 이 우통수(于筒水)는 작은 확에 고였
는데 그 수원(水源)이 아주 멀다니 기이하다. 세상에 전하길 이 물
이 특히 기이하다기에, 내 한 모금 마시니 달고 시원해서 차를 달
여 마시니 더욱 좋았다.… 기공이 거처하는 천덕암은 그윽하기 이
를 데 없고 아주 깨끗한데, 그 방장실을 보니 한 점 티끌도 없었다.
석이를 넣은 떡과 산과일과 송이에 햇차까지 주어서, 향을 피우고
쉬었다.

_ 申翊聖,〈遊金剛小記〉

• 聽鳥休晚參 薄遊古澗陲	새소리 듣다가 저녁 예불 못가고, 옛 시 내 기슭에서 늦도록 노닌다네
遺興賴佳句 賞心會良知	아름다운 시구에 이 흥겨움 남기고, 좋은 벗 만나 마음을 털어 놓네
泉鳴石亂處 松響風來時	바위 사이 흐르는 샘물소리에 바람 속에 솔소리 함께 온다네
茶罷臨流靜 悠然忘還期	차 마시고 조용히 흐르는 냇가에서 느긋한 생각에 돌아갈 걸 잊었다네

_ 艸衣,〈王右丞終南別業之作〉

🍃 해설

차라는 것도 그냥 그대로 차일 뿐이면 맛이 적다. 사람들은 어떤
일이나 분위기에 걸맞고 마음이 편안해져야 흥취에 젖게 된다. 연

명이 열거한 여러 경우가 모두 지금의 우리 정서에 잘 어울린다고
할 수는 없어도 상당부분 공감하게 한다. 모든 사물에 역사와 사
연이 더해져야 깊이가 있게 된다.

여기에 제시된 환경과 여건들이 대부분 세속적인 틀을 벗어나서,
우리 자신을 돌아다보고 앞으로의 삶을 어떻게 하면 좀 더 바르게
이끌어갈 것인가를 생각하기에 좋은 계기가 되는 것들이다. 자고
로 이렇게 차 마시기 좋은 때를 생각해 보지 않은 차인은 없었을
것이다. 황룡덕(黃龍德)도 그의 〈茶說〉에서 다음과 같이 술회했다.

飮不以時爲廢興 亦不以候爲可否 無往而不得其應.

若明窓淨几 花噴柳舒 飮于春也.

凉亭水閣 松風夢月 飮于夏也.

金風玉露 蕉畔桐陰 飮于秋也.

暖閣紅墟 梅開雪積 飮于冬也.

僧房道院 飮何淸也. 山林泉石 飮何幽也. 焚香鼓琴 飮何雅也.

試水鬪茗 飮何雄也. 夢回卷把 飮何美也. 古鼎金甌 飮之富貴者也.

瓷甁窯盞 飮之淸高者也. 較之呼盧浮白之飮 更勝一等.

則有瓷中 百斛金陵春 當不易吳爐頭 七碗松夢茗.

若夏興冬廢 醒棄醉索 此不知茗事者 不可與言飮也.

　_ 黃龍德,〈茶說〉

27

宜輟 의철

作事 觀劇
작사 관극

發書柬 大雨雪
발서간 대우설

長筵大席 翻閱卷帙
장연대석 번열권질

人事忙迫 及與上宜飲時相反事
인사망박 급여상의음시상반사

🍃 교주

• **作事** 『총서집성본』과 『고금설부본』에는 모두 '事'로 되어 있고, 나머지 판본에는 '字'로 되어 있다.

🍃 번역

마시지 말아야 할 때

일을 할 때. 연극을 관람할 때.

편지를 써서 보낼 때. 큰 눈비가 올 때.
큰 잔치 자리에서. 책장을 넘기며 생각하면서 읽을 때.
일이 아주 바쁠 때. 위에 적은 마시기 좋은 때와 상반될 때.

🍃해설

우리가 어떤 일에 집착하고 있을 때나, 바빠서 심신이 안정될 수
없을 때, 급한 일로 정신이 없을 때에는 차를 마시기에 적당하지
않다. 차는 이른바 황거한 때에 마시기 적당치 않다.

不宜用 불의용

惡水 敝器 銅匙 銅銚 木桶
주1 주2 주3 주4 주5
악수 폐기 동시 동조 목통

柴薪 麩炭 粗童 惡婢 不潔巾帨
주6 주7 주8 주9 주10
시신 부탄 조동 악비 불결건세

各色果實香藥
주11
각색과실향약

🍃 번역과 주해

쓰지 말아야 할 것

주1 **惡水** 나쁜 물

- 水以淸輕甘潔爲美 輕甘乃水之自然 獨爲難得 _ 趙佶, 『大觀茶論』
- 山深厚者若大者 氣盛麗 必出佳泉水 _ 徐獻忠, 『水品』
- 湯者茶之司命 _ 蘇廙, 『十六湯品』
- 淸寒, 石流, 甘泉 宜茶

주2 **敝器** 깨진 그릇

- 器以載道

• 長沙茶具精妙甲天下 _ 周密, 『癸辛雜志』

주3 **銅匙** 구리 숟가락

• 茶匙擊拂有力 黃金爲上 人間以銀鐵爲之 竹者輕 建茶不取
  _ 蔡襄, 『茶錄』

• 高麗方言 茶匙曰茶戌 _ 孫穆, 『鷄林類事』

주4 **銅銚** 구리 솥

• 富貴湯當以銀銚煮之佳甚 銅銚煮水 錫壺注茶 次之
  _ 陶穀, 『淸異錄』

• 茶銚 ; 金乃水母 銀備剛柔 味不鹹澁 作銚最良 _ 張源, 『茶錄』

• 長沙匠者 造茶器極精致 工直之厚 等所用白金之數 士大夫家多有
  之 置几案間 但知以侈靡相夸 初不常用也. 凡茶宜錫 竊意以錫爲
  合 適用而不侈 _ 周揮, 『淸波雜志』

• 水銚用銀尙不易得 何況鍑乎 若用之恒 歸于鐵也 _ 聞龍, 『茶箋』

주5 **木桶** 나무 통

•『다경』〈四之器〉의 '수방'이나 '척방'의 경우는 차의 탕수를 담는
  그릇이 아니므로, 차의 향기에 영향을 주지 않지만, 차 끓일 물
  을 저장하거나 잠시라도 담아 두려면 나무의 냄새가 날 수 있고
  청결하지 않을 수도 있어서 사용하지 않도록 했다.

주6 **柴薪** 섶나무, 땔 나무

• 膏薪庖炭非火也 _ 『茶經』

• 其火用炭 次用勁薪 其炭 曾經燔炙 爲膻膩所及 及膏木 敗器不用
  之. 古人有勞薪之味 信哉? _ 『茶經』

주7 **麩炭** 가루 숯

• 가루가 된 숯은 불이 붙어도 화력이 낮아서 活火를 얻을 수 없

기 때문에 차를 달이는 데는 적당하지 않다.

- 煎以文火細烟 煮以小鼎長泉 _ 顧況[唐], 〈論茶〉
- 地爐茶鼎烹活火 _ 朱子의 詩
- 李約云 '茶須活火煎' 蓋謂炭火之有焰者. 東坡詩云 '活水仍將活火
  烹' 是也. 余則以爲山中不常得炭 且死火耳, 不若枯松枝爲妙
  _ 田藝蘅, 『煮泉小品』
- 用炭之有焰者 謂之活火. 當使湯无妄沸 初如魚眼散布 中如泉涌
  連珠 終則騰 波鼓浪 水氣全消. 此三沸之法 非活火不能成也
  _ 朱權, 『茶譜』
- 凡茶須緩火炙活火煎. 活火謂炭火之有焰者, 當使湯无妄沸庶可養
  茶. 始則魚目散布 微微有聲 中則四邊泉涌 累累連珠 終則騰波鼓
  浪 水氣全消, 謂之老湯. 三沸之法 非活火不能成也
  _ 錢椿年, 『茶譜』
- 烹茶之要 火候爲先 爐火通紅 茶瓢始上. 扇起要輕疾 待有聲稍稍
  重疾 斯文武之候也. 過于文則 水性柔 柔則水爲茶降, 過于武則 火
  性烈 烈則茶爲水制. 皆不足於中和 非茶家要旨也 _ 張源, 『茶錄』
- 茶用活火 候湯眼鱗鱗起 沫餑鼓泛 投茗器中 _ 陸樹聲, 〈茶寮記〉

주8 **粗童** 거친 동자

- 〈25. 童子〉항 참고
- 煮茶非漫浪 要須其人與茶品相得 故其法每傳於高流隱逸 有烟霞
  泉石磊魂於胸次間者 _ 徐渭, 『煎茶七類』
- 七月七日碧蘆房 耿耿銀河蘆葉蒼
  一杵鍾聲來北牖 半規蟾影過西墻
  牛郎織女宵何促 筒簟紗幬夢亦凉

酒渴思茶童睡 殘燈自剔自添香

　_ 申緯,『警修堂全藁』冊二十八〈七夕〉

・逼歲靑陽似去年 速於置馹尺書傳

清樽妙友偏相憶 麗句香燈欲鬪妍

打餅鄰翁欹枕聽 呼茶童子對鑪眠

衰骸就暖何遷次 回戀山房睿墨懸

　_ 申緯,『警修堂全藁』冊二十八〈壬寅除夕〉

・瓦樽有酒無濁淸 二鶴迎賓茶童睡 _ 李裕元,『〈嘉梧藁略』冊二

・絶無可客披心赤 好與名山寄眼靑

桐葉題詩吟不已 茶童睡熟鶴來聽

　_ 林得明, 再疊,『松月漫錄』冊二

주9 **惡婢** 못된 계집종

・採茶製茶 最忌手汗 膻氣 口臭 多涕 不潔之人及月信婦人 人忌酒
氣 蓋茶酒 性不相入 _ 羅廩,『茶解』

・茶猶人也, 習於善則善 習於惡則惡 聖人致麗於習染 有以也
　_ 屠本畯,〈茗笈〉

주10 **不潔巾帨** 깨끗하지 못한 다건

・飮茶前後 俱用細麻布拭盞 其他易穢 不宜用 _『茶神傳』

・精, 燥, 潔 茶道盡矣 _『茶神傳』

주11 **各色果實香藥** 각색의 과일과 냄새나는 약

・茶有眞香 有佳味 有正色. 烹點之際 不宜以珍果香草染之
　_ 張謙德[明],『茶經』

차는 정갈하고 깨끗한 것이 그 본성이니, 찻일은 처음부터 끝날 때까지 차의 본성에 저해되는 기물이나 여건을 없게 해야 한다. 우리가 고매한 인격자나 소중한 사람을 맞은 때는 언제나 주변은 물론 모든 것을 정결하게 준비하는 것과 같은 이치다. '아이야 우리 식탁엔 은쟁반에 하얀 모시수건을 마련해 두렴'이라 노래한 육사의 심정과 같다.

29

不宜近 불의근

陰室 廚房 市喧 小兒啼
음실 주방 시훤 소아제

野性人 童奴相鬨[哄] 酷熱齋舍
야성인 동노상홍 혹열재사

🍃 번역과 주해

가까이 하기에 마땅하지 않은 것

주1 **陰室** 음산한 방[곳]. 차가 원래 맑고 깨끗한 것이기에 양명[陽明]한 곳에서 밝은 마음으로 즐기는 것이니, 음산한 곳은 차 마시는 곳으로 적당하지 않다.
   · 明窓淨几 洞房阿閣

주2 **廚房** 부엌. 차의 성질이 개결(介潔)하여 다른 것들과 섞이기를 꺼려서, 그 고유한 향이나 맛과 색을 유지하는 데에 그 가치가 있는 것이다. 그러니 부엌은 다른 여러 가지 음식을 항상 만들기 때문에 냄새도 많고, 정결한 면에서도 알맞은 곳이라 하기 어렵다.
   · 凡飮佳茶 去果方覺淸絶 _ 屠隆, 『遵生八箋』

주3 **市喧** 시중의 시끄러운 곳. 차는 한적하고 여유로울 때 즐기는 것

이지, 바쁘게 돌아가는 각박한 속에서는 어울리지 않는다.

· 心手閑適 淸幽寺觀

주4 **小兒啼** 어린애가 우는 곳. 마음의 안정을 얻기 어려운 곳이다.

· 兒輩齋館

주5 **野性人** 거친 사람. 문화적인 데에 길들여지지 못하여, 성질이 거칠고 안정감이 부족한 사람이다. 이런 사람들과는 정신적인 소통이 어렵다.

· 賓主款狎 佳客小姬

주6 **童奴相鬨**[哄] 어린 종들의 다툼

주7 **酷熱齋舍** 무더운 집안, 혹은 서재. 차는 청량(淸凉)한 데서 마시는 것이지, 약 먹듯이 땀을 뻘뻘 흘리면서 마시는 음료는 아니다.

· 風日晴和 荷亭避暑

〈참고〉

· 至若茶之爲物 擅甌閩之秀氣 鍾山川之靈稟 祛襟滌滯 致淸導和 則非庸人孺子可得而知矣; 沖澹簡潔 韻高致靜 則非遑遽之時可得而好尙矣 _ 『大觀茶論』

· 世固不可一日無茶 然暗中損人不少 故或有忌而不飮者 _ 『侯鯖錄』 '東坡論茶'

· 茶宜 ; 無事, 佳客, 幽坐, 吟詠, 揮翰, 徜徉, 睡起, 宿醒, 淸供, 精舍, 會心, 賞鑑, 文僮 _ 馮可賓, 〈岕茶箋〉

· 茶忌 ; 不如法, 惡具, 主客不韻, 冠裳苟禮, 葷肴雜陳, 忙冗, 壁間案頭多惡趣 _ 馮可賓, 〈岕茶箋〉

· 賞名花不宜更度曲 烹精茗不必更焚香 恐耳目口鼻互牽 不得全領其妙也 _ 〈紫桃軒雜綴〉

앞 항목인 '불의용'에서는 찻일에 사용하기에 마땅치 않은 기구
나 소재 및 인물들을 일일이 들었다면, 여기서는 찻자리로서 적합
하지 못한 여건이나, 함께 마시기 마땅치 않는 사람들을 열거하였
다. 지금으로 보아도 약간의 견해 차이는 있겠지만 대부분 수긍이
가는 말들이다.

30

良友 양우

清風明月 紙帳楮衾 竹牀石枕 名花琪樹
_{주1} _{주2} _{주3} _{주4}

청풍명월 지장저금 죽상석침 명화기수

✍ 번역과 주해

좋은 벗

주1 **淸風明月** 맑은 바람과 밝은 달

- 有時獨醉曰 入吾室者 但有淸風 對吾飮者 唯有明月
  _ 『南史』〈謝譓傳〉

- 淸風明月 映着我 不可思議的情感 觸目都視異狀 _ 瞿秋白

- 淸風明月無人管 倂作南樓一味凉 _ 黃庭堅,〈鄂州南樓書事〉

- 若遇淸風明月時節 便同他在 談說古今的事 甚是相得 _ 『儒林外史』

- 林泉從此屬人民 淸風明月不用買 _ 陳毅

- 且夫天地之間 物各有主 苟非吾之所有 雖一毫而莫取 惟江上之淸
  風 與山間之明月 耳得之而爲聲 目遇之而成色 取之無禁 用之不竭
  是造物者之無盡藏也 而吾與子之所共適 客喜而笑 洗盞更酌 肴核
  旣盡 杯盤狼藉 相與枕藉乎舟中 不知東方之旣白 _〈前赤壁賦〉

주2 **紙帳楮衾** 종이 장막[종이 모기장]에 모시옷

- 紙帳 : 등피지(藤皮紙)를 나무에 붙여 팽팽하게 하여 매화(梅花)
  나 호접(胡蝶)을 그려 청치(淸致)하게 만든 장막이나 모기장.
  cf. 紙帳梅花
- 紙帳梅花歸夢覺 蒪羹鱸膾秋風起 _ 『滿汀紅』〈遵生八箋〉
- 楮衾 : 모시옷
- 布單, 楮衾, 菊枕, 薄褥 / 梅兮 梅兮 吾亦與同夢兮 以梅爲姬
  cf. 梅妻鶴子
- 用細白楮衾作帳單之 前安小踏狀 _ 林洪
- 山家淸事梅花紙帳 _ 林洪
- 蒲團坐紙帳 _ 蘇軾
- 困眠得就紙帳暖 飽食未厭山蔬甘 _ 蘇軾
- 破窓蕉雨夜還驚 紙帳風來自作聲 _ 黃景仁

주3 **竹牀石枕** 대 평상과 돌베개
- 橋夾水松行百步 竹床莞席到僧家 _ 韓愈,〈題秀禪師房〉
- 冷枕單衣小竹床 臥聞秋雨滴心凉 _ 蘇轍,〈病退〉
- 紙屏石枕竹方牀 手倦抛書吾夢長 _ 蔡確,〈夏日登車蓋亭〉
- 寺處唯高僻 雲生石枕前 _ 淸越上人,〈方千〉

주4 **名花琪樹** 좋은 꽃과 아름다운 나무. 이 부분은 양의적(兩意的)
으로 해석된다. 名花와 琪樹로 나누어서 살펴보자.
- 名花 : ① '미인'의 의미이니, 李白은 〈淸平調〉에서 '名花傾國兩
  相歡 長得君王帶笑看'이라 하였다. ② '아름다운 꽃'의 의미이니,
  蘇東坡는 '惟有名花苦幽獨'이라 하였다.
- 琪樹 : 玉樹로도 표현한다. ① '옥같이 아름다운 나무'의 의미이
  니,『六祖事迹』에 '寶林寺有琪樹 在法堂前'의 구절이 있고, 李紳

의 詩에서는 '琪樹重條如弱柳 結子如碧珠 三年可一熟 每歲生相
續 一年綠 二年碧 三年紅'이라 하였다. ② '눈이 쌓인 나무'의 의
미이니, 『竹林詩評』에 '琪樹玲瓏'의 구절이 보인다. ③ '仙界의
나무'를 뜻하기도 한다. 孫綽의 『文選』에 '琪樹璀璨而垂珠'의 구
절이 있고, 范成大의 〈步虛詞〉에는 '琪樹玲瓏珠綱碎 仙風吹作步
虛聲'의 구절이 있다. ④ '정정옥립(亭亭玉立)의 美人'을 比喩하
는 문구로, 溫庭筠의 글에 '琪樹鳳棲前'의 구절이 보인다.

해설

사람들이 모이는 모든 자리가 다 그렇지만, 찻자리에서도 주변적
인 여건이나 자연환경이 그 분위기를 한층 고조시킨다. 화창한 날
맑은 바람이 일고 밝은 달이 비춰면, 자연의 현묘한 이법에 순행
(順行)하여 심서(心緒)가 피어나게 된다. 이 같은 자연의 혜택이
야 어찌 권력이나 돈으로 살 수 있겠는가. 또 문인들의 찻자리에
선 구속과 격식을 넘어서 맛보는 여유와 자연스러움이 필수적이
었고, 거기에 아취를 곁들였다. 그래서 모시 천에 그림을 그려 장
막을 만들어 드리운 것이다. 대나무 평상에 돌베개란 곧 자연 그
자체이다. 은자들의 거처 주변에 하고 많은 것이 대나무니, 땔감
에서 음식물의 재료며 가구의 대부분을 대나무에서 찾았다. 이렇
게 살아가는 주인공은 벌써 자연의 일부일 뿐이다. 자연이 우리에
게 주는 혜택은 이뿐이 아니다. 계절마다 달라지는 수목과 기화요
초들이 속삭이고 손짓하는 것을 느끼게 되면, 우리는 벌써 선계에
노닐고 있는 것이다.

31

出遊 출유

士人登山臨水 必命壺觴
사인등산임수 필명호상

乃茗盌薰爐 置而不問
내명완훈로 치이불문

是徒游於豪擧 未托素交也
시도유어호거 미탁소교야

余欲特製游裝 備諸器具 精茗名香 同行異室
여욕특제유장 비제가구 정명명향 동행이실

茶甖一 注二 銚一 小甌四
다앵일 주이 요일 소구사

洗一 瓷合一 銅爐一 小面洗一 巾副之
세일 자합일 동로일 소면세일 건부지

附以香奩小爐 香囊匕筋 以爲半肩
부이향렴소로 향랑비저 이위반견

薄甕貯水三十斤 爲半肩足矣
박옹저수삼십근 위반견족의

・七筯 『총서집성본』에는 '匕筋'으로 나와 있다.

✍ 번역

놀러 나갈 때

선비가 산에 오르거나 물가에 놀러갈 때 반드시 술병과 잔은 준비
토록 하지만, 찻잔이나 풍로는 버려두고 묻지도 않는다. 이는 오
직 호기롭게 노는 것이긴 하지만, 오래도록 사귄 친구를 밀쳐내서
는 안 되는 것과 같다. 나는 놀이의 행장을 특별히 만들어서 [그
안에] 여러 기구를 준비하려 한다. 고품의 좋은 차와 이름 있는
향은 다른 칸에 넣어서 함께 가지고 간다.

차 물병 하나, 다관 둘, 솥[쟁개미, 작은 자루 달린] 하나, 작은 잔
넷, 씻는 기구[통] 하나, 자기 합 하나, 구리 풍로 하나, 작은 세숫
대야 하나에 행주도 곁들인다. 향 그릇과 작은 향로, 향주머니와
수저를 합해 한쪽 어깨에 메고, 삼십 근 들이 얇은 물 항아리를 다
른 어깨에 메면 족할 것이다.

✍ 주해

주1 **壺觴** 술항아리와 술잔[酒杯]
・引壺觴以自酌 眄庭柯以怡顔 _ 陶潛, 〈歸去來辭〉

주2 **薰爐** 훈향(薰香)에 사용하는 향로의 일종. '鑪'라고도 한다.
・燎薰爐兮 炳明燭 謝酌桂酒兮 揚淸曲 _ 謝惠連, 〈雪賦〉

素交 진실하고 순결한 사귐

　　• 斯賢達之素交 歷萬古而一遇 _ 劉孝標,『文選』〈廣絶交論〉

　　• 素交零落盡 白首淚雙垂 _ 杜甫

주4 游裝 놀러갈 때 필요한 장비를 넣는 기구, 혹은 차림

주5 同行異室 함께 가져가지만 다른 칸에 넣는다. 향내가 차향에
　　섞이어 손상을 줄 수도 있기 때문이다.

주6 罌 입구가 작고 몸뚱이가 큰, 물이나 술을 담는 항아리

　　• 凡小口大腹的甁

주7 注 주전자. 古代酒器

주8 銚 쟁개미. 혹 물병이나 잔을 가리키기도 했다.

　　cf. 가래 조[鋤], 다리미 초, 쟁개미 요[燒器, 釜之小而有柄者]

주9 小甌 작은 잔. 나눔 잔

주10 洗 씻는 그릇[盥水用器]. 혹 붓을 씻는 그릇을 지칭함

주11 瓷合 자기로 된 합

주12 銅爐 구리로 만든 화로나 풍로

주13 小面洗 작은 세숫대야, 작은 대야

주14 香盒小爐 향합과 작은 향로. 古代盛放香爐的籠子及小香爐

주15 匕筯 수저. '匕箸'와 같음

주16 薄甕 가벼운 항아리, 곧 얇게 만든 간편한 항아리

🍃해설

우리가 『다경』〈구지략(九之略)〉에서 보았듯이, 차는 고매한 인격
과 같아서 격식이 중요하지만, 집 밖으로 나가 경치 좋은 개울가

나 깊은 산 속, 혹은 한적한 전원에서 대자연과 더불어 호흡하며 그 일부가 되어 차를 즐길 수 있다. 그럴 때도 다실에서처럼 모든 필요한 기구를 빠짐없이 전부 가져가기는 어렵고, 또 그럴 필요도 없다.

예를 들면 물가에 가면서 물을 가져가거나, 교상 같은 것은 가져 갈 필요가 없다. 그렇다고 너무 많이 빼고 가서 차를 마시는 데에 불편하거나 품위를 손상케 해서도 안 된다. 옮기는 사이에 차의 색향기미에 손상이 없도록 주의해야 하며, 짐이 과도하여 옮기기에 어려움이 없도록 해야 한다.

權宜 _{권의}

出遊遠地 茶不可少 恐地産不佳 而人鮮好事 [주2]
출유원지 다불가소 공지산불가 이인선호사

不得不隨身自將 瓦器重難 又不得不寄貯竹箬 [주3]
부득불수신자장 와기중난 우부득불기저죽부

茶甫出甕 焙之 竹器曬乾 以箬厚貼 實茶其中 [주4]
다보출옹 배지 죽기쇄건 이약후첩 실다기중

所到之處 卽先焙新好瓦缾 [주5]
소도지처 즉선배신호와병

出茶焙燥 貯之缾中
출다배조 저지병중

雖風味不無少減 而氣與味尚存
수풍미불무소감 이기여미상존

若舟航出入 及非車馬修途 仍用瓦缶 [주6]
약주항출입 급비거마수도 잉용와부

毋得但利輕齎 致損靈質 [주7]
무득단리경재 치손영질

• **氣與** ‘與’자가 『총서집성본』 이외의 곳에는 ‘力’으로 나와 있다.

번역

마땅한[형편에 맞는] 조치

먼 곳으로 놀이 갈 때에는 차가 부족해서는 안 된다. 가는 곳에서 좋은 차가 생산되지 않거나, 찻일을 좋아하는 사람이 드물지도 모르니, 부득불 자신이 갈 때 [충분히] 가지고 가야 한다. 질그릇에 가져가기는 힘드니, 어쩔 수 없이 대그릇에 넣어서 간다. 차를 항아리에서 덜어내어 덖고, 대그릇은 볕에 말려 대껍질을 두껍게 넣은 후 차를 그 가운데에 채운다. 목적지에 이르면 좋은 새 질병을 먼저 불에 쬐어 말리고, 차를 꺼내서 불에 말려 그 병에 넣어 저장한다. 비록 풍미가 조금 감소되지 않을 수 없지만, 기와 맛은 그대로 남아 있다. 만약 배로 출입하거나 마차로 가는 도중이 아니라면, 질로 된 주구(注口)가 작은 용기[장군병]를 써라. 다만 가벼워서 가져오기 편리하다는 이유로, 신령스런 본질[품질]을 손상시켜서는 안 된다.

주해

주1 **地産** 그 지방에서 산출 되는 차. 産地와는 다른 의미가 된다.
주2 **人鮮好事** ‘人鮮好茶事’의 준말로 ‘차를 좋아하는 사람이 드물다.’
주3 **竹篛** 대로 짠 소쿠리 같은 용기

주4 **實茶** 차로 채운다. 차를 가득 넣는다.

주5 **新好瓦缾** 질로 만든 좋은 새 병

주6 **瓦缶** 질로 만든 장군병. 주구가 좁고 배가 부른 병

주7 **靈質** 차가 가진 신령스런 본질

해설

차를 좋아하는 사람이면 때와 장소를 가리지 않고, 차 마실 여건이 되면 안 마실 수 없다. 그러니 여행을 가거나 긴 시간을 다른 곳에서 보내야 한다면, 집을 떠날 때 차를 충분히 준비하지 않을 수 없다. 왜냐하면 그 곳에 차가 좋지 않거나, 차를 좋아하는 사람이 없어서 구할 수 없게 되면 힘들게 되니, 충분한 양을 준비하는 것이 좋다. 운반할 때 길이 멀면 힘드니 가벼운 대그릇에 담아서 가라고 했다. 이때 차는 물론 그릇도 볕에 잘 말려 습기로 인해 차에 손상이 가지 않도록 해야 한다. 그래서 댓잎으로 가장자리를 싸고 그 속에 차를 넣어서 가도록 했으며, 목적지에 도착하는 대로 질병에 넣어서 습기를 막으라고 했다. 만약 배나 말 같은 빠른 운반구를 이용할 수 없다면, 처음부터 무겁더라도 질로 된 용기에 담으라고 했다.

33

虎林水 호림수

杭兩山之水 以虎跑泉爲上
주1   주2

항양산지수 이호포천위상

芳冽甘腴 極可貴重

방렬감유 극가귀중

佳者乃在香積廚中土泉 故其土氣 人不能辨
주3

가자내재향적주중토천 고기토기 인불능변

其次若 龍井 珍珠 錫丈 韜光 幽淙 靈峯
주4 주5 주6 주7 주8

기차약 용정 진주 석장 도광 유종 영봉

皆有佳泉 堪供汲煮

개유가천 감공급자

及諸山谿澗澄流 倂可斟酌

급제산계간징류 병가짐작

獨水樂一洞 跌蕩過勞 味遂漓薄
주9

독수락일동 질탕과로 미수리박

玉泉往時頗佳 近以紙局壞之矣

- **土泉** 『총서집성본』이외에서는 '上泉'으로 되어 있다.
- **故其土氣** 『총서집성본』이외에서는 '故有土氣'로 되어 있다.
- **錫丈** 『총서집성본』이외에서는 '錫杖'으로 되어 있다.

호림의 물

항주 두 산의 물 가운데는 호포천의 물을 제일로 친다. 향기롭고
맑으며 달고 부드러워서 아주 귀중하다. [그 중에도] 좋은 것은
절의 부엌 안의 흙샘으로, 흙내가 나지만 사람들은 잘 구분하지
못한다. 그 다음으로 용정, 진주, 석장, 도광, 유종, 영봉 같은 좋은
샘들이 있어서, 모두 길어와 차 달이기에 적당하다. 뿐만 아니라
항주에는 여러 산의 골짜기에 맑은 시냇물이 있어서, 아울러 길어
서 잔질할 만하다. 다만 수락 한 골짜기만은 마구 흐르다보니 드
디어 맛이 엷어지고 말았다. 옥천도 지난날에는 좋았으나, 이즈음
은 종이공장으로 인해 무너져 헐어지고 말았다.

주1 **杭兩山** 항주에 있는 남북의 두 산을 말한다.

- 老龍井 其地産茶 爲兩山絶品 _『杭州府志(明代)』

- '其上爲老龍泓 寒碧倍之 其地産茶 爲南北極品 … 武林諸泉 惟
  龍泓入品 而茶亦惟龍泓山爲最' 從該書記載看 當時龍井有新龍泓
  老龍泓兩處 兩處都産茶 只有西湖南北兩山爲名茶
  _ 田藝蘅,『煮泉小品』

주2 **虎跑泉** 杭州 大慈山 南쪽 大定慧寺의 샘물. 당 헌종 대에 만듦.
항주 서호의 서남쪽 5리쯤에 있는 샘이다. 산 아래 돌 틈에서 솟아
나는데, 수정처럼 맑고 맛이 깊어서 차를 달이면, 그 색향미가 다
른 물보다 구별될 만큼 우수하다. 이곳 이외에도 '虎跑泉'이라는
이름을 가진 우물이 많다.

- 分別用虎跑泉 西湖水 天落水 自來水和井水冲泡龍井茶 開湯評審
  結果 香氣滋味 湯色 葉底諸項 曾以虎跑泉水奪魁 故'龍井茶葉虎
  跑水'之美譽 _『辭典』

- 虎跑寺本名定慧寺 唐元和十四年性空師所建. 憲宗賜號曰廣福院
  大中八年 改大慈寺 … 今人皆以泉名其寺云. 先時性空禪師 得法
  於百丈海 來游此山 樂其靈氣郁盤 棲禪其中 苦於無水 意慾他徙
  夢神人語曰 '師無患水 南嶽有童子泉 當遣二虎驅來. 翌日果見二
  虎跑地出泉 淸香甘冽 大師遂留. … 城中好事者 取以烹茶 日去千
  擔 寺中有涸水符 取以爲驗 _ 張岱,〈西湖夢尋〉

- 江蘇省 南京에 있는 샘으로, 金陵 二十四泉에 들어가는 호포천
  도 있다.

- 安徽省 靑陽 九華山 西洪嶺 동북쪽 옛길 옆에도 호포천이 있다.

주3 **香積廚** 절의 부엌[寺院之僧廚]
· 香積 : ① 佛號=『維摩詰經』의 〈香積品〉에 '有國名衆香 佛號香積'

〈四方佛〉

北

[蓮花藏界 : 微妙聖佛=大日如來=毘盧遮那佛]

西   東
[安樂界 : 無量壽佛=阿彌陀佛]   [香積界 : 阿閦佛]

南

[寶生界 : 歡喜佛]

② 佛國, 佛寺. 唐 劉長卿의 詩 〈早晚來香積〉

③ 僧徒들의 飯食

④ 香積廚의 생략형

주4 **龍井** 절강성 항주에 있는 우물 이름
· 浙江省 杭州市 西湖西南山地中, 一名龍泓 井泉淸冽 附近産茶 世
稱龍井茶

주5 **珍珠** 지명
① 太姥山 : 今福建省 福鼎 太姥山名勝區
② 濟南七十二泉之一 : 山東濟南市 泉城路北
③ 安陽珍珠泉 : 河南 安陽城西 水冶鎭西
④ 南京 栖霞寺에 있는 샘

주6 **錫丈** 안휘성에 있던 샘 이름

① 安徽 黃山 位雲谷寺前 鉢盂峰下, 一名靈錫泉. 南宋時 一東國僧 用錫杖搗地 即泉湧出 故名.

② 含山 錫杖泉 : 安徽省 含山. 〈太湖山遊記〉 戴重.

③ 博羅[廣東] : 山有三峰 余未嘗至其中峰 則普明禪師之塔寺也. 塔 西爲錫杖泉 甘而靜 滿而不溢 日汲百斛不損寸一 … 明日炊錫泉 瀹蒼山新茶佳味 _『廣東志』

주7 **韜光** 당대의 명승 韜光스님이 기거한 곳의 샘이기에 붙여진 이름이다.

· 韜光 : 당대 승려로 시에 능하여 항주 靈隱寺에 기거하면서, 白居易와 교유했다.

· 穆宗長慶年間 靈隱寺西北 巢枸塢筑寺, 後人名之韜光寺 _『韜光寺志』

· 張昭漢의 〈絶句〉에 曰, '竹杖芒鞋任所適 朝游靈隱暮韜光'

주8 **靈峯** 항주 도원령과 진정산 사이의 영봉에 있는 샘이다.

주 **水樂一洞** 항주 서남 남고 서쪽의 煙霞嶺 아래 水樂洞에 있는 샘이다.

주10 **玉泉** 절강성 향현 서쪽의 靑蓮寺에 있는 샘이다.

· 북경시 서북 옥천산 아래의 샘, 절강성 桐廬 서북쪽 烏龍山麓에 있는 샘, 鎭海의 옥천, 瑞安池의 옥천 등 많은 옥천이라는 이름의 샘이 있다. 이는 王充의 『論衡』에 나오는 중국인들의 전설적인 崑崙山 정상에 있다는 옥천에서 유래한 것이라 본다.

호림수는 항주를 중심으로 생산되는 용정차의 재배로부터, 생산과 포다(泡茶)에 지대한 영향을 주는 샘물이다. 그 중에도 호포천수(虎跑泉水), 용정천수(龍井泉水), 옥천수(玉泉水)를 서호의 삼대명천이라 하는데, 특히 고래로 용정천수를 용홍이라 하여 갈홍(葛洪)이 금단을 연성하는 물로 사용하였다고 전한다. 아무리 가물어도 줄거나 마르지 않고, 맑고 깨끗하여 달며, 바위틈에서 솟아난다. 주밀의 『무림구사(武林舊事)』에 '돌 위를 흐르는 물의 색이 발그스름하다. 나그네가 가만히 보면 수량이 넘치고, 사람이 떠나면 줄어든다. 그 깊이는 알 수 없어 강과 바다로 통하고, 용이 있어서 가뭄에 기우제를 지내면 반드시 응감한다고들 한다'고 했다. 뿐만 아니라 전예형의 『자천소품』에서도 유사한 기록을 볼 수 있다.

이처럼 명차의 산지에는 거의가 명천이 있다는 사실로도 우리에게 시사하는 바가 있다[鴻漸有云 烹茶于所産處無不佳 盖水土之宜也]. 또 좋은 물을 얻는다는 것은 곧 차에 내재된 진성(眞性)을 맛볼 수 있게 한다는 것이다. 그리고 물도 시대에 따라 환경의 변화나 지각의 변동으로 수질이 변할 수 있음을 말해 주고 있다.

34

宜節 의절

茶宜常飲 不宜多飲 常飲則心肺清凉 煩鬱頓釋

다의상음 불의다음 상음즉심폐청량 번울돈석

多飲則微傷脾腎 或泄或寒 蓋脾土原潤 腎又水鄕

다음즉미상비신 혹설혹한 개비토원윤 신우수향

宜燥宜溫 多或非利也

의조의온 다혹비리야

古人飲水飲湯 後人始易以茶 卽飲湯之意

고인음수음탕 후인시역이다 즉음탕지의

但令色香味備 意已獨至 何必過多 反失淸冽乎

단령색향미비 의이독지 하필과다 반실청렬호

且茶葉過多 亦損脾腎 與過飲同病

차다엽과다 역손비신 여과음동병

俗人知戒多飲 而不知愼多費 余故備論之

속인지계다음 이부지신다비 여고비론지

번역

알맞은 정도[마시는 量]

차는 늘 마시기에 좋은 것이지만, 많이 마시기에 좋은 것은 아니다. 일상으로 마시면 심장과 폐가 맑아지고 시원하며, 번민이나 우울함이 곧 풀린다. [하지만] 많이 마시면 비장[지라]과 신상[콩팥]에 약간의 손상을 주어서, 설사를 하거나 한증이 생긴다. 비장의 근본은 흙이니 원래 습하고 신장 또한 물에 바탕을 두기 때문에 따뜻하고 건조한 것이 좋은데, 차를 많이 마시면 이롭지 않을 수도 있다.

옛사람들이 물이나 끓인 물을 마셨는데, 뒷사람들이 차로 바꾸어 마신 것은 끓인 물을 마셨다는 뜻이다. 다만 색과 향과 맛을 더 갖추게 하여 뜻대로 아주 좋게 되었거늘, 어찌 꼭 지나치게 마셔서 도리어 맑고 깨끗함을 잃게 하겠는가. 또 찻잎을 너무 많이 넣어도 역시 비장과 신장을 손상시키므로, 많이 마시는 것과 같이 폐해를 입게 된다. 일반인들은 차를 많이 마시는 것을 경계할 줄은 알아도, 찻잎을 많이 넣는 것을 삼가야 함은 알지 못하기 때문에, 내가 여기서 빠뜨리지 않고 밝혀둔다.

주해

주1 **脾腎** 지라와 콩팥. 脾(지라)는 간 뒤에 있으면서 백혈구를 생성하고 노폐물을 처리한다. 腎(콩팥)은 오줌의 배설을 맡은 기관이다.

주2 **脾土原潤 腎又水鄕** 아래에 우리 오장과 잘 어울리어 조화롭게 영위되는 여러 분야의 것을 제시했다.

項目＼五臟	肝	肺	心	脾	腎
味	酸	辛	苦	甘	鹹
方位	東	西	南	中	北
季節	春	秋	夏	四季	東
五行	木	金	火	土	水
色	靑	白	赤	黃	黑
氣	魂	魄	神	志	想
身體	眼	鼻	舌	口	耳
食品	柑子, 橘 柚	薑, 胡椒 高良薑	茶, 靑木香	砂糖 一切의 甘爲性	鹽

• 此五臟受味不同 好味多入則其臟强 剋傍臟互生病. 其辛酸甘鹹之
  四味恒有而食之 苦味恒無故不食之. 是故四臟恒[强心臟恒]弱 故
  恒生病. 若心臟病時一切之味皆違 食則吐之 動又不食. 今喫茶則
  心臟强而無病

이 다섯 장기는 맛을 수용하는 것이 같지 않으니, 좋아하는 맛
을 많이 들이면 그 장기는 강해지고, 옆에 있는 장기를 이겨서
서로 병이 난다. 그 맵고, 시고, 달고, 짠 네 가지 맛은 항상 있
어서 먹지만, 쓴맛은 항상 있지 않아서 그것을 먹지 못한다. 이
런 까닭에 네 장기는 항상 강하고 심장은 항상 약해서 언제나
병이 생긴다. 만약에 심장에 병이 나면 일체의 맛이 모두 어긋
나서 먹으면 토하게 되어 자칫하면 음식물을 먹을 수 없다[받
아들여지지 않는다.] 이때 차를 마시면 심장이 강해져서 병이

없어진다.

_ 榮西禪師,『喫茶養生記』

주3 俗人知戒多飮, 而不知愼多費

· 多飮에 관한 다른 견해도 있다. 北宋代의 錢易가 쓴『南部新書』
에 849년 東都에 120세의 노승이 있었다. 宣宗이 물었다. '무엇
을 드시고 오래 사셨오?' 스님이 대답했다. '신이 어렸을 때 천박
하여 약을 모르고 자랐습니다. 그러나 차를 좋아하여 하루에 많
으면 100여 잔, 보통 4~50잔은 꼭 마셨을 뿐입니다.' 듣고서 왕
이 차와 茶寮를 지어 주셨다.

해설

무엇이나 과유불급(過猶不及)이다. 차도 그렇다. 처음엔 찬물을 그
냥 마시다가 여러 부작용이 일어나서 끓여서 마시게 되었다. 이는
단순한 음료에서 색이나 향미를 첨가한 한걸음 나아간 음료를 마
시게 된 것이다. 그렇다고 지나치게 많이 마시는 것은 오히려 내
장을 상하게 하는 부작용이 있을 수도 있으니, 적당량을 취하여
몸에 이롭도록 할 일이다.

35

辯譌 변와

古人論茶 必首蒙頂 蒙頂山蜀雅州山也
[주1]

고인논다 필수몽정 몽정산촉아주산야

往常産 今不復有

왕상산 금불부유

卽有之 彼中夷人專之 不復出山
[주2]

즉유지 피중이인전지 불부출산

蜀中尙不得 何能至中原江南也

촉중상부득 하능지중원강남야

今人囊盛如石耳 來自山東者
[주3]

금인낭성여석이 내자산동자

乃蒙陰山石苔 全無茶氣 但微眊耳 妄謂蒙山茶
[주4]

내몽음산석태 전무다기 단미괄이 망위몽산차

茶必木生 石衣得爲茶乎

다필목생 석의득위다호

- **卽有之** 『총서집성본』에는 '有' 자가 없다.
- **彼中夷人專之** 『총서집성본』에는 앞에 '亦' 자가 들어가 있다.
- **妄謂蒙山茶** 『총서집성본』과 『고금설부본』에는 '蒙' 지기 '南' 자로 되어 있다.

번역

잘못을 바로잡기

옛사람들이 차를 논할 때, 반드시 몽정차를 으뜸으로 삼았다. 몽정산은 촉의 아주에 있는 산이다. 지난날에는 항상 차가 생산되었으나, 근래에는 다시 생산되지 않는다. 곧 생산되는 것이 있다고 해도 그 지방 사람들이 마음대로 점유하여, 몽산 밖으로 나오지 않는다. 촉 지역에서도 오히려 얻지 못하는데, 어찌 중원이나 강남에 이를 수 있겠는가. 이즈음 사람들이 주머니에 가득 채워서 다니는 석이(石耳, 石栭)는 산동에서 생산된 것인데, 곧 몽음산의 돌이끼로 차의 기운은 전혀 없고 다만 조금 달콤할 뿐인데도, 망령되게 이를 몽산차라 이른다. 차는 반드시 나무에서 나오는 것으로 만드는데, 어찌 돌이끼로 차를 만들 수 있겠는가.

주해

주1 **蒙頂山蜀雅州** 촉의 아주에 있던 명산현의 몽정산에서 생산되던 명차를 이른다. 그리고 후에 산동 몽음산에서 생산되던 석태를

몽정차라 부른 일도 있다.

- 風俗貴茶 茶之名品益衆 劍南有蒙頂石花 號爲第一

  _ 『國史補』〈唐〉

- 蜀雅州蒙頂上 有火前茶 最好 謂禁火以前採者. 後者謂之 火後茶
  有露芽 穀芽之名 _ 『茶寮記事』〈陸平泉〉

- 蒙山在名山縣西十五里 有五峰 最高者曰上淸峰 其巓一石大如數
  間屋 有茶七株 生石上無縫罅 云是甘露大師手植 每茶時葉生 智
  炬寺僧 輒報有司往視 籍記其葉之多少 採製財得數錢許. 明時貢
  京師僅一錢有奇 環石別有數十株 曰陪茶 其傍有泉 恒用石覆之
  味淸妙 在惠泉之上 _ 王新城, 『隴蜀餘聞』

- 名山縣出茶 有山曰蒙山 聯延數十里 在西南 所謂'蔡蒙旅平'者 蒙
  山也. 在雅州 凡蜀茶盡在此 _ 『雲南記』

- 蒙山之茶又美之 上淸峰茶園七株又美之 世傳甘露慧禪師手所植
  也 二千年不枯不長 其茶葉細而長 味甘而淸 色黃而碧 酌杯中香
  雲蒙覆 其上 凝結不散 以其異 謂之仙茶 _ 趙懿[淸], 『蒙頂茶說』

- 몽정차 중에 제일 좋은 것이 상청봉차인데, 상청봉에는 일곱 그
  루의 古茶樹가 있어 거기서 생산되는 차를 '仙茶'라 부르고, 그
  주변의 다른 차나무는 '陪茶'라 한다. 선차는 매년 수백 잎에 불
  과하여 모두 황실에 공납하고, 그 곳의 관리들도 배차를 얻을 수
  밖에 없었다. _ 『事典』

- 昔有一僧人久病不愈 後遇一老者 告他春分時間春雷初動 采蒙山
  中頂茶 服之可以祛病健身 後僧人依言而行 採得一兩餘茶葉 服後
  病愈 而且駐顏不老最後成仙 … 山有五峰環列狀如指掌 曰上淸,
  曰甘露, 曰玉女, 曰井泉, 曰 菱角 仙茶植于中心蟠根石上 每歲採

仙茶七株爲正貢 分貯銀瓶 _ 毛文錫[五代],『茶譜』

- 俗諺 "揚子江中水 蒙山頂上茶" 謂天下雙絶

- 蒙山茶之名品; 雀舌, 蒙鈔芽, 雷鳴茶, 蒙頂露芽, 萬春銀葉, 玉葉
  長春, 谷芽, 蒙頂石花, 蒙頂黃芽, 白芽, 蒙頂甘露 等 今 蒙頂甘露,
  蒙頂黃芽, 蒙頂石花 等 _『事典』

- 蜀之雅州 有蒙山 山有五頂 頂有茶園 其中頂曰上淸峰. 昔有僧病
  云云 是雷鳴茶也 _ 張澍[淸代],『蜀典』

- 聖楊花：出四川蒙山之團茶名；吳僧梵川 誓願燃頂供養雙林傅大
  士 自往蒙頂採茶 凡三年 味方全美. 得絶佳者聖楊花, 吉祥蕊 共不
  逾五斤 持歸供獻 不復再摘 此蒙頂仙茶之始也 _ 陶穀,『荈茗錄』

- 傅大士：道人. 陶穀의『荈茗錄』과『淸異錄』에 나오는 스님.『四
  庫全書』에 나오는 雙林大師로 이름은 翕, 字는 玄風으로 결혼하
  여 살다가 24세 때 印度僧을 만나 출가해서, 7년 동안 고행한 후
  도를 이루어 梁의 武帝가 존경하였다.

- 蒙頂茶 受陽氣全 故芳香. 唐李德裕 入蜀得蒙餠 以沃于湯餠之上
  移時盡化乃驗其眞蒙頂 _『華夷花木考』

- 蜀雅州蒙頂産茶最佳. 其生最晚 每至春夏之交始出 常有雲霧覆其
  上 若有神物護持之 _『東齋紀事』

주2 **彼中夷人專之** 그 지역에 살고 있는 토속인들이 모두 마음대
로 하다.

주3 **石耳** '石栮'라고도 쓰는데, 돌이나 바위에 돋은 이끼로 지금도
식재료로 쓰인다.

주4 **蒙陰山石苔** 산동성에 있는 몽음산의 돌이끼

〈참고〉山東石耳라고 한 기록들

- 蒙山茶：蒙山屬蒙陰 其巔産石花似茶 乃魯頓峴地 蒙山茶 卽兗州
  蒙山石上烟霧 熏染日久結成 蓋苔衣類也. 亦謂云茶 其狀白色輕
  薄 如花蕊. 又謂之石蕊茶 寒凉多苦 昔唐褒入山 餌此以代茗
  _ 劉源長,『茶史』

- 兗州府費縣 蒙山石巔 有花如茶 土人取而制之 其味淸香逈異他茶
  貢茶之異品也 _『山東通志』

🍃해설

예로부터 어느 지역에서 명품이 생산된다든가 무엇이 좋다고 하
면, 곧 이어서 유사품이나 또 다른 대용할 만한 것을 내세워 소비
자들을 혼란스럽게 하는 일이 많았다. 여기 몽산차도 원래는 아주
에서 생산되는 대단히 신비스런 차였는데, 그것이 자취를 감추자
세인들이 엉뚱하게 산동 몽음산에서 생산되는 이끼를 몽산차라고
하였으니, 이는 잘못된 것이다. 다만 그 산의 이름이 유사하다는
이유로 잘못 전해진 것이리라.

36

考本 고본

茶不移本 植必子生

다불이본 식필자생

古人結婚 必以茶爲禮

고인결혼 필이다위례

取其不移植子之意也 [주1]

취기불이식자지의야

今人猶名其禮曰下茶 [주2]

금인유명기례왈하다

南中夷人定親 [주3] 必不可無

남중이인정친 필불가무

但有多寡

단유다과

禮失而求諸野 [주4] 今求之夷矣

예실이구제야 금구지이의

• 結婚 『총서집성본』에는 '昏' 자로 되어 있다.

• 植子 『총서집성본』에는 '植' 자가 '置'로 되어 있다.

🍃 번역

근본을 밝히다

차는 뿌리째 온통 옮겨 심지 못하여, 반드시 씨앗을 심어 싹을 내야 한다. 옛사람들이 결혼할 때 반드시 차로써 예를 삼았으니, 그것은 옮기지 말고 자식을 두어 뿌리 내리라는 뜻을 취한 것이다. 지금 사람들이 그 차의 예법을 '하다(下茶)'라고 부른다. 남방의 야만인들 중에는 혼인을 정하면 차가 반드시 있어야 한다. 다만 [그 양이] 많고 적음이 있을 뿐이다. '예법을 잊어버리고 야만인에게서 구한다'더니, 지금은 야만인들에게서 구하는구나.

🍃 주해

주1 **取其不移植子之意** '씨를 심어서 뿌리 내리고, 다른 곳으로 옮겨 심지 않는다는 뜻을 취한다'고 했으니, 곧 결혼하면 자식 낳아서 뿌리 내리고 개가할 생각 하지 말라는 의미로 차 씨를 내리는 것이다.

주2 **下茶** 위와 같은 의미에서 결혼 예물 안에 차의 씨를 넣거나, 폐백을 드릴 때 어른들이 밤 대추와 함께 던져 주기도 한다.

주3 **夷人** 여러 의미가 있으나 여기서는 중화족 이외의 부족들에 대

한 통칭이 '野人'이나 '夷族'이었다. 그래서 남방에 살고 있는 민족이라는 말이다.

• 고대 중국 동부지구 각부족지인[사원]

• 외국인에 대한 지칭. ① 佛本夷人 _ 葉盛[明], 『水東日記』 ② 夷人呼茶爲梯, 閩語也 _ 魯迅, 『集外集拾遺補編』

주4 **諸野** '여러 주변'이라고 할 수도 있지만, '중화족이 아닌 주변의 야인들'이라는 개념이다.

해설

차란 원래 옛날에는 씨로 심는 것이 상식이었다. 이는 『다경』에서 육우가 강조한 바이다. 이는 차가 직근성의 뿌리를 가졌으므로 옮기면 뿌리의 중간을 잘라야 하기 때문에 근본이 흔들리게 되어 다성(茶性)에 손상을 주게 되기 때문이었다. 차가 가진 이 곧은 성질이 우리가 본받을 점이라고 하여, '하다'하는 풍속이 생긴 것이다. 선인들은 이처럼 생활 주변의 자연스런 사물에서 우리가 소홀해질 수 있는 근본을 되새겨보게 했다.

跋文 발문
주1

余齋居無事 頗有鴻漸之癖
여재거무사 파유홍점지벽

又桑苧翁所至 必以筆牀茶竈自隨
우상저옹소지 필이필상다조자수

而友人有同好者
이우인유동호자

數謂余宜有論著 以備一家 貽之好事
삭위여의유론저 이비일가 이지호사

故次而論之 倘有同心
고차이론지 당유동심

尙箴余之闕 葺而補之
상잠여지궐 즙이보지

用告成書 甚所望也
이고성서 심소망야

[次紓再識]
차서재지

🍃 번역

끝에 붙이는 글

내가 서재에 있으면서 할 일이 없을 때는, 자못 홍점[육우]이 헤어나지 못하던 버릇을 가지고 있다. 홍점은 그가 이르는 곳에는 반드시 필상과 다조를 따르도록 하였다. 친구 중에 함께 좋아하는 이가 있어 나에게 자주 이르기를 '마땅히 갖추어진 일가의 견해를 논리적으로 써서, 좋아하는 이들에게 전하라'고 하였기에, 이에 차례에 맞추어 논하였다. 혹 내 뜻에 동조하는 이가 있다면, 내가 빠뜨린 곳을 보살펴서 그를 기워 보충하여, 책을 완성하여 발표해 주기를 진심으로 바란다.

🍃 주해

주1 **跋文** 책의 끝에 본문 내용의 요약이나, 그에 관계되는 사항들을 간략히 적은 글을 지칭한다.

주2 **鴻漸之癖** '鴻漸'은 육우의 字로, 『역경』에 나오는 대목에서 지어졌다.

　　• 鴻漸于陸 其羽可用爲儀 吉 不可亂也 _ 『易經』〈風散漸〉'上九; 上陽'

주3 **桑苧翁** 760년에 육우가 강소성 저산에 있던 교연의 묘희사에 머물면서 쓴 〈다기〉에서 자신을 '桑苧翁'이라는 호를 붙였다.

주4 **筆牀** 筆床이라고도 한다.

　　• 翡翠筆牀 無時離手 _ 陳徐陵[南朝], 〈玉臺新詠〉

　　• 一片山花落筆牀 _ 岑參[唐], 〈山房春事〉

일반적으로 차를 어지간히 좋아해서는 다서를 저술하기 힘들다. 그런데 허연명(許然明)은 본인은 물론 주변에 함께 차를 즐기는 친구가 많았고, 또 그들이 차에 관하여 깊은 나름대로의 지식을 가진 사람들이었기에, 서로 교유하면서 차 전문인들이 되었던 것이다. 그들 중에도 허연명은 다벽이 심하고 그 이론도 정연하였기에 많은 사람들로부터 차에 관한 이론서를 저술하라는 권유도 받았다. 그래서 쓴 것이 이『다소』다.

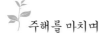주해를 마치며

　내가 차에 관하여 남보다 더 깊은 소양도 쌓지 못하였으면서도, 이런 차학에 몰두하여 저술을 시작한 지도 어언 20개 성상(星霜)이나 흘렀다. 그 사이 꾸준하게 이 작업을 하면서 어려움도 많았지만 보람도 컸다. 2,000여년을 계승하여 온 우리 선조들의 차문화를 찾아서 고전을 정신없이 들추고, 때로는 그분들의 깊은 정신세계를 엿보기도 하며, 어느 때는 하염없이 넋이 나간 사람처럼 밤을 지새우기도 했다. 그래도 행복했다.

　이어서 시작한 것이 다서 고전의 번역 일이었다. 먼저 우리 고전인 『다부』와 『동다송』이었다. 『다부』는 원래 나 자신이 탐닉되었던 명저(名著)이니 말할 것도 없었고, 『동다송』도 우리 차문화사에서는 기념비적인 저술이었다. 현허(玄虛)한 우리 차 정신의 세계에 노닐며 한재에게 묻고, '동국소산원상동(東國所産元相同)／색향기미론일공(色香氣味論一功)'을 읊으며 초의를 노래했다. 그래서 멀리 다산에 노닐기도 하고, 마현(馬峴)과 수종사(水鐘寺)를 드나들며 19세기 초에 살아보기도 했었다.

다음은 무어라 해도 차의 보전이라 할 『다경』이었다. 1,200여 년을 뛰어 넘는 세월도 세월이지만, 평생을 다 바쳐 만든 육홍점의 차에 대한 정신에 감탄하고, 하늘의 별처럼 많은 사람들이 주변에서 응원해 준 사실을 상상하면, 정말 가슴 뿌듯함을 느꼈다. 가족 하나 없었던 천애의 고아 육우! 그는 일생을 차와 함께 살았다. 그래서인지는 모르지만 그의 사후부터 오늘까지 수많은 사람들이 그를 연구하고 분석하고 흠모했지만, 『다경』은 역시 경문(經文)으로의 손색이 없음을 실감했다. 그때서야 구봉령(具鳳齡)의 〈독다경(讀茶經)〉을 이해하게 된 것이다. 중국에서도 저간의 많은 차인들이 반평생 『다경』 연구에 몸 바친 사람들이 있고, 근세에 오각농의 『다경술평』을 시작으로 수많은 저술들이 쏟아졌다. 뿐만 아니라 일본에서도 포목조풍(布目潮渢, 누노메 죠우후)

같은 이는 거의 평생을 육우 연구에 바쳐서 『다경상해』를 남겼는데, 우리에게는 『다경』에 관한 깊은 연구서가 없었다. 그래서 무엇보다 『다경』에 관한 올바르고 자세한 주해서(註解書)가 필요했다. 이것이 차학을 연구하는 기본이기 때문이었다. 그리고 기존에 출판된 연구서들에는 어느 나라 학자들이 쓴 것이든, 내 생각에 맞지 않는 곳이 많아서 그냥 덮고 넘길 수가 없었다. 그래서 세상에 나온 것이 『다경주해(茶經註解)』다.

『다경』이 당대의 단차시대를 대표한다면, 송대의 연고차에 관한 저술과 그 찬란했던 문화를 대표하는 인물들도 있다. 채양의 『다록(茶錄)』을 시작으로 조길의 『대관다론(大觀茶論)』, 웅번 부자의 『선화북원공다록(宣和北苑貢茶錄)』, 조여려의 『북원별록(北苑別錄)』, 심안노인의 『다구도찬(茶具圖贊)』, 주권의 『다보(茶譜)』까지 주해서를 썼다. 끝으로 산차 문화를 대표하는 명대의 다서들 중 장원의 『다록(茶錄)』과 허차서의 『다소(茶疏)』의 주해를 끝내면서 이 일차적인 작업은 열 권의 책으로 끝났다. 돌아다보니 정말 꿈같은 시간이었고, 자갈밭길이었다. 그래도 보람은 있다.

  그 여러 저술 중에서도 사상적으로 나를 감동시킨 것이 『다부』라면, 차를 마시는 운치와 멋을 안겨준 것은 『다소』였다. 허연명은 분명 멋과 운치를 함께한 차인이었다. 한스러운 것은 같이 찻자리를 할 수 없었다는 것이 아쉽다. 이제 심신을 좀 걸러서 비우고, 깊은 사색에 잠겨 보기도 하고, 때로는 숲길을 걷기도 하면서 그간에 버려두었던 원고들이나 정리할까 한다.

甲午 秋日에

曙山 識

참고문헌

| 국내 단행본 |

고문서집성(한국정신문화연구원, 1990~1994)

고전다서(고세연, 미래문화사, 2002)

논어집주(성백요 역, 전통문화연구회, 1991)

다경 연구에 대한 몇 가지 문제(등군, 월간《다도》연재, 2004)

다경(류건집, 심수연학회, 2002)

다도고전(윤병상, 연세대학교출판부, 2007)

다도사상과 다사(정상구, 한국문학사, 1982)

다도학논고(김명배, 대광문화사, 1999)

다부주해(류건집, 이른아침, 2009)

다향선미(효동원, 비봉출판사, 1986)

동다송주해(류건집, 이른아침, 2009)

벽암록(원오극근 저, 조오련 역, 불교시대사, 2000)

불교대사전(명문당, 1993)

사기열전정해(사마천 저, 성원경 역, 명문당, 1992)

사서(공자 외, 차주환 역, 을유문화사, 1965)

선사신론(불교신문사, 우리출판사, 1991)

선의 역사와 사상(정성본, 불교시대사, 2000)

식경(남상해, 자유문고, 1995)

안자춘추(안영 저, 임동석 역, 동문선, 1997)

육우의 다경 풀이(월간《다도》창간호~80회 연재)

이아주소(최형주 · 이준영 역, 자유문고, 1998)

장자(김동성 역, 을유문화사, 1963)

장자(안동림 역, 현암사, 2008)

중국도자사(이용욱, 미진사, 1993)

중국문학사(차상원, 동국문화사, 1960)

중국문학사(호운익 저, 장기근 역, 문교부, 1961)

중국문화사(김원중, 을유문화사, 2003)

중국풍속기행(구환흥 저, 남종진 역, 프리미엄북스, 2000)

차마고도의 삶과 예술(국립중앙박물관, 2009)

차문화고전(윤경혁, 홍익제, 1999)

차문화연보(윤경혁, 홍익제, 2005)

차의 기원을 찾아서(교본실 저, 박용구 역, 경북대학교출판부, 2005)

한국사연표(한국정신문화연구원, 동방미디어, 2004)

한국의 다도(최범술, 보련각, 1973)

한국의 다서(김명배, 탐구당, 1993)

한국의 차문화 천년 1, 2(송재소 외, 돌베개, 2009)

한국차문화사 상 · 하(류건집, 이른아침, 2007)

| 중국 단행본 |

강희자전(상해한어대사전출판사, 2005)

개옹다사(유원장, 조선총독부 본, 1936)

낙양가람기(양현지, 산동우의출판사, 2001)

다도(엽우 편, 흑룡강 인민출판사, 2002)

다업통사(진연, 농업출판사,1984)

다여선(천중납자, 민족출판사, 2002)

다엽지도(여매 · 첨호 편, 상해원동출판사, 2002)

다적역사(장굉용, 다학문학출판사, 1987)

당국사보(이조 찬, 상해고적출판사, 1979)

명다장고(경홍, 백화문예출판사, 2004)

몽계필담(심괄, 길림촬영출판사, 2004)

문원영화(이방, 중화서국 영인, 1966)

사시찬요(한악 찬, 농업출판사, 1981)

사해(상해사서출판사, 1979)

설문해자(허신, 중화서국, 1963)

송대다법연구(황순염, 운남대학출판사, 2002)

식물본초(노화, 과학기술문헌출판사, 2000)

신농본초경(오보 외, 중화서국, 1985)

용정차(욱명, 호남과학기술출판사, 2004)

전당시(대북명륜출판사, 1971)

제민요술교석(가사협, 중국농업출판사, 1998)

준생팔전(고염, 과학기술문헌출판사, 2000)

중국고대다구(요국곤 외, 상해문화출판사, 1998)

중국고대다엽전서(완호경 등, 절강촬영출판사, 1999)

중국고등급공로망(서안지도출판사, 2005)

중국농업백과전서[다업권](농업출판사, 1988)

중국다경(진종무 주편, 상해문화출판사, 2001)

중국다사(곽맹량, 산서고적출판사, 2003)

중국다사산론(장만방, 과학출판사, 1989)

중국다사연의(은위, 운남인민출판사, 2003)

중국다업경제(손홍승, 사회과학문헌출판사, 2001)

중국다엽대사전(진종무 외, 중국경공업출판사, 2000)

중국다엽역사자료선집(진조개·주자진, 농업출판사, 1981)

중국문학사(유국은, 북경인민문학출판사, 1994)

중국양생문화(창양경, 상해고적출판사, 2001)

중국역사지리전집(담기양, 중국지도출판사, 1996)

중국자사도록(낙언경 외, 중국상업출판사, 2000)

중국차문화(왕령, 중화서점, 1998)

중국차문화기초지식(진문화, 중국농업출판사, 2003)

중국차문화대사전(주세영 외, 한어대사전출판사, 2002)

중화인민공화국행정구획(중국지도출판사, 1999)

중화차문화(황지근, 절강대학출판사, 2001)

차문화여다구(사준봉 외, 사천과학기술출판사, 2003)

한어대사전(한어대사전출판사, 2001)

한어대자전(호북사서출판사, 1996)

| 일본 단행본 |

끽다양생기(영서선사, 강담사학술문고, 2000)

녹차의 사전(고야실, 시전서점, 2002)

다경상해(포목조풍, 담교사, 2001)

다도고전전집 1~12(담교사, 1962)

다도구의 세계 1권 당물다완(실부양명, 담교사, 50주년 기념)

다도구의 세계 2권 고려다완(소전영일, 담교사, 50주년 기념)

다도의 역사(곡단소부, 담교사, 1999)

다성육우(성전중행, 담교사, 2001)

도록다도사(임옥진삼랑, 담교사, 1980)

송시에 나타난 송대의 차문화(고교충언, 동양문화연구소, 1991)

일본차의 사전(성미당출판편집부, 2003)

중국다서전집(포목조풍 편, 급고서원, 1987)

중국차의 사전(성미당출판편집부, 2002)

차의 문화사(소천후락, 문일총합출판사, 1980)

차의 문화사(촌정강언, 안파신서, 1979)

한문대계(服部宇之吉 교정, 富山房, 1960)

茶疏 註解

초판 1쇄 인쇄   2015년 1월 15일
초판 1쇄 발행   2015년 1월 20일

지은이 류건집
펴낸이 김환기
펴낸곳 도서출판 이른아침

주 소 서울시 마포구 마포대로4다길 8(마포동) 경인빌딩 3층
전 화 02)3143-7995
팩 스 02)3143-7996
등 록 2003년 9월 30일 제 313-2003-00324호
이메일 booksorie@naver.com

ISBN 978-89-6745-040-3 94810
정가 23,000원